叶舟作品

江山北望

叶舟 著

图书在版编目(CIP)数据

江山北望/叶舟著.—杭州：浙江文艺出版社,2024.8
ISBN 978-7-5339-7614-9

Ⅰ.①江… Ⅱ.①叶… Ⅲ.①诗集-中国-当代
Ⅳ.①I227

中国国家版本馆CIP数据核字(2024)第102310号

策划统筹	曹元勇
责任编辑	顾楚怡
营销编辑	耿德加　胡凤凡
责任印制	吴春娟
装帧设计	道辙 at Compus Studio
数字编辑	姜梦冉　诸婧琦

江山北望

叶舟　著

出版发行	浙江文艺出版社
地　　址	杭州市环城北路177号
邮　　编	310003
电　　话	0571-85176953(总编办)
	0571-85152727(市场部)
印　　刷	上海盛通时代印刷有限公司
开　　本	889毫米×1194毫米　1/32
字　　数	45千字
印　　张	8.375
插　　页	4
版　　次	2024年8月第1版
印　　次	2024年8月第1次印刷
书　　号	ISBN 978-7-5339-7614-9
定　　价	59.00元(精装)

版权所有　侵权必究

多少鱼龙争变化,总归西北会风云。

——〔元〕杨载

目录

第一辑

河西走廊	003
怀想	004
在路上	006
苦水玫瑰	008
凿空	010
乌鞘岭	011
那一年的鸠摩罗什	013
罗什寺	016
凉州词	017
秋草黄了	018
贩马者传	019
胡笳十八拍	020
天梯山	021
马踏飞燕	023
铜马	025

凉州长笛	*026*
那一日	*027*
苏武山	*029*
绿洲上的鸦群	*031*
庄子里	*032*
祁连山记	*034*
卖冰者传	*036*
再远	*038*
祁连山谶言	*039*
突然决定	*040*
八月，在汗腾格里邂逅一句唐诗	*042*
雪豹经过了寺院	*043*
最响亮的月亮	*044*
此刻	*046*
我对祁连山并不见外	*047*
二月二，龙抬头	*048*
绿洲缠绵	*049*
伐冰	*050*
在马蹄寺点灯	*051*
黄昏怎么概括	*052*
后半夜	*053*
张掖消息	*054*

去慰问泉水	*055*
在张义镇	*056*
有一度	*058*
山中一日	*059*
羊	*060*
册页：焉支山	*062*
八声甘州	*064*
巴丹吉林深处	*066*
刀客传	*068*
断长城	*070*
马蹄寺石窟	*072*
天下驿站	*073*
茶叶来了	*075*
见闻	*077*
速写：肃南草原	*079*
传唱	*080*
阿妈说	*081*
旧日使团	*083*
思乡	*085*
与马对话	*086*
偈语	*087*
霍去病在酒泉	*088*

在戈壁	*089*
鹰说	*091*
群山回唱	*093*
问天	*095*
留言	*096*
飞将军	*098*
狼烟下	*100*
刀子	*101*
絮语	*103*
这一生	*105*
风中	*107*
铁马秋风	*108*
嘉峪关下	*109*
报信	*111*
许愿	*113*
沙枣花开	*115*
黑戈壁	*116*
阳关三叠	*117*
修远	*118*
译师传	*120*
盐湖	*122*
瓜州古琴	*123*

身在瓜州	124
安西以远	125
敦煌太守	126
农历歌	129
莫高窟	131
娑婆世界	132
求法僧传	134
胡旋舞	135
鸣沙山	137
沙漠之书	138
一册汉简	139
随想	144
货郎传	146
那一年的骆驼队	148
月牙泉	150
夜宴	152
玉门关	153
起风了	154
当年的天马	155
天边	157
公主传	159
戍卒们	161

问道	*163*
秦时明月汉时关	*165*
夜光杯记	*166*
从军行	*167*
中途	*168*
苏干湖	*170*
沙漠汹涌	*172*
公子传	*174*
天下	*176*
履历	*178*
游牧时间	*179*
玉石传说	*181*
碰见秋天	*183*
一块铁	*185*
丝路笔记	*187*
植物传	*189*
过天山	*191*
河西走廊座右铭	*193*

第二辑

出长安记	*197*
在高昌国问水	*201*

哦，龟兹	203
帝国的边界	204
有僧路过阿富汗	206
波斯一瞥	208
无花果树	210
冰山上的来客	212
看见石油	214
心经	216
葱岭之上	217
恒河一带	219
佛教遗址	220
沙河记	222
辨识	224
天竺之行	225
娑罗双树	227
在菩提树下削发	229
札记	230
菩提伽耶	232
刹那间	234
蓝毗尼的偈语	235
哭泣	236
路过碎叶	238

旷原上	*240*
过河	*242*
《大唐西域记》	*244*
在译场	*248*
大慈恩寺	*250*
诀别	*251*

第一辑

河西走廊

这一扇门虚掩　像恩情　并不来自典籍
这一条路吐丝　秘密经纬　构成了今日
这一角天空　鹰隼占据　麦子碰见了黄金

这个白面青年　步步生莲　前往西天取经
这位公主口音模糊　逐水草而居　一生和亲
这条走廊　横贯西东　观音和菩萨纷纷麇集

怀　想

那时候　月亮还朴素　像一块
古老的银子　不吭不响　静待黄昏

那时候的野兽　还有牙齿　微小的
暴力　只用于守住疆土　丰衣足食

那时候　天空麇集了凤凰和鲲鹏
让书生们泪流不止　写光了世上的纸

那时候的大地　只长一种香草
名曰君子　有的人入史　有的凋零

那时候　铁马秋风　河西一带的
炊烟饱满　仿如一匹广阔的丝绸

那时候的汉家宫阙　少年刘彻
白衣胜雪　刚刚打开了一卷羊皮地图

那时候　黄河安澜　却也白发三千
一匹伺伏的鲸鱼　用脊梁拱起了祁连

那时候还有关公与秦琼　亦有忠义
和然诺　事了拂衣去　一般不露痕迹

那时候　没有磨石　刀子一直闪光
拳头上可站人　胳膊上能跑马

那时候的路不长　足够走完一生
谁摸见了地平线　谁就在春天称王

在路上

我看见天空疲惫　那么高远的疲惫

比眼前的秋天　比这条长路
比一场恢宏的诵经声
还要疲惫　我知道她深情的来源
一切热情　开始成灰

可我　依然带着锄头
在天空的深处　收割着土豆　玫瑰
与所有心灵的食物
这是平凡且寂寥的人生　走在路上
才是我准确的宿命

累了　我就直起腰
靠在天空的身上　掸掉灰尘

饮下银河里的水

这时　那些灿烂的星宿　犹如鸽子
再一次起飞　为我引路

苦水玫瑰

玫瑰是热烈的　用来测试
天下的乌鸦　让它在黄昏下叛逆
成为喜鹊　爱情　谣唱与灯盏
在西行的路上　玫瑰是火辣的
去探望人间的寒凉　让稗草
变成粮食　羊群脱离噩梦
让一位前世的土司　摇身一变
成为贫下中农　玫瑰是怒放的
青铜枝下　依次走过了张骞　霍去病
法显　玄奘和我　仰天长叹
知道了天下的辽阔　于是
暗夜疾行　打马走过
玫瑰是短暂的　在苦水一带
前天是汉武　昨日乃康熙
今天的花瓣里藏着时间的
杀机　在落英缤纷的季节　谁
嗅见了秘密　谁就蜂飞蝶乱

不能自已　玫瑰是苍凉的
因为没有了祷告　虔诚不再
一些泪水　一些举意
犹如风中的颂唱　不免心惊
苦水一带　没有基督　也没有
佛陀　只有日光雪崩　一片照彻

凿 空

捎一朵莲花　开在肩上
递一幅佛像　挂在山上
捧一盏灯台　亮在晚上
做一个儿子　走在路上

寄一只老鹰　站在天上
端一碗净水　供在龛上
打一把金锁　扣在心上
拼一腔热血　活在世上

乌鞘岭

抵达山顶时　方知机密不再　诸如
宝剑如何出鞘　迎向西域　吞吐内心

地图知道　有一种哽咽　一枚鱼刺
一根战栗的脊椎骨　贯穿大地

左边是黄河　右边是猩红色的罂粟地
无人闯关　因为老鹰又一次铩羽而去

坡顶上一览无余　翻遍了整个天空
也不曾发现字迹　语录　甚至一行偈语

在部落的一隅　小人吃肉　英雄烫酒
有关爱情和匈奴　一般会闪烁其词

六月天　大雪纷飞　羊群与帐篷下山
守住佛龛　炉火　躲避锋芒和黑暗

有一亩青稞将被冻伤　一盏灯
将被连夜送给乌云　交换和平的银币

那一年　奶奶驾崩　少年的父亲
抵达了山顶　身披缟素　投进了河西

那一年的鸠摩罗什

那一年　与鸠摩罗什

邂逅凉州

四目相对　那一年

天下大旱　祁连山一带

百草不生　砾石遍布

那一年的晌午　往往

雨云饱满　转眼之间　却又

赤野千里　太阳吐着舌头

寻觅寺前的一片阴凉地

那一年，鸠摩罗什高鼻深目

不像一位王子，更像一介

佃户　那一年

鸠摩罗什戴罪在身　必须把天竺

翻译成汉语　顺便把佛陀

延聘于河西　那一年

鸠摩罗什身材修长　胡子发红
免不了回望龟兹
眺望西域　那一年的傍晚
皇上在梦中看见了桃花
大病初愈　有一些苍凉
有一些思念　那一年
野鸡无名　草鞋无号
鸠摩罗什仍是一只囚鸟
那一年　鸠摩罗什走出了塔影
困厄于凉州　左邻右舍
只当是一个怪物
那一年还有苍生　也有天下
谁遭逢了心中的苦海
方可称得上真正的人　那一年
井底干涸　乌鸦燃烧
唯有泪水才能熄灭一切的
愤怒　那一年
与鸠摩罗什邂逅凉州　彼此
不语　那一年的陈酿不错
于是会心一笑　把盏而尽

那一年　中原告急　长安吁请
对面的鸠摩罗什　却像
一枝莲花　次第　缓慢地苏醒

那一年吉兆　好事将近
那一年的天下大事　皆在《心经》

罗什寺

更多的时候　这座塔用了沮丧
和雨水来诉说机密　而不是
舌头或诗篇　太多的喊叫
一定会让月亮生锈　佛衣惊醒

那些细小的苔藓　丈量着
一个人隐忍的距离　当毛笔和龟兹
相遇　天空扔下了内心的舍利

唯有这广阔的燕子　知道
春天的失败　而后拿走了那份试题

凉州词

用一支笛子　把凉州吹凉
再用一阕短词　合辙　押韵
把篝火点亮　在巨鹰离开的地方
祁连山下　喊一介老僧开门
说不定　对面走来了隋朝的杨广

月亮在凉州　等于秋天礼贤下士
把粮仓　诗篇　祖籍　安顿在了
悄然的故乡　谁带着胞衣
谁花叶缤纷　提灯走过了两岸
像一句深刻的诵念　传音入密

其实　凉下去的是酥油　滚烫的
却是马蹄　在经年的征伐中
一个婴儿哭声嘹亮　乳名和平
那一刻凉州城内　万户和美　而天空
之上　水草繁密　恰有鸽子翩然降临

秋草黄了

说话时　秋草已经黄了

我带着一根木头　从祁连山
下来　寺院颓圮　鸟巢危急
草原深处的一顶帐篷　以及
一个还俗的醉鬼　需要我接引

说话时　秋草全部黄了

其实　我只是一把钉子　带着
广漠的疼痛　来把天空扶起
让羔羊回家　在暴风雪之前
挂起一盏灯　要找见春天这个人

贩马者传

卖马的人来自凉州　卖马的人
并没有骑马　他是画工
在相当长的时间内　一个
无马可骑的人　遍地吆喝
却又自称来自凉州　唐突至此
这个卖马的人　也就成了一匹马
只不过他疯了　还是画工

秋天了　老鹰去烤火　蝴蝶
在告辞　卖马的人开始马瘦毛长
打算过冬　凉州城里并无消息
凉州城内风吹草低　铸剑为犁
那一年　卖马的人行走河西
一路上乌烟瘴气　无人识荆
无马可骑的人　或许是我的父亲

胡笳十八拍

她一定途经凉州　放下热血
与指望　内心的焰火
并没有变凉　她途经凉州
在南关打尖　北关歇马
脱去了最后的汉服
秋风了　大雁南下　胡天万里
仿若一道秘密的挽幛
在边城凉州　她仍叫文姬
以指拈香　辞别了烽烟遍地的
洛阳　她在刁角高悬的城楼
写下断肠二字　带着灰烬
和背影　引颈西向
在凉州以远　她一定放弃了
哭泣　知道时日漫长
而命运不过是一道试题　来得
腥风苦雨　她进入了巨大的
黄昏　那一刻的心跳
有一些紊乱　却不曾暗示

天梯山

我知道　这一切并非没有原因

带着草木上山
露水的早晨　一角湖水中
麇集着豹群　鹰部落　大象　佛陀
与油灯
这么久了　丝绸之路上
土匪剪径
坏消息不断
一个僧侣暂无音讯
我真的知道　这一切并非
没有原因
中午时　我在山顶晒经
一阵狂风
令天空失色　字迹隐匿
即便石窟内供养着今生今世
一幅壁画

也难以诉说庄严　和秘密
傍晚　我在山下驻足
等一个人前来
朝贡　点香
可银河灿烂　繁星奔走
一种怀腹的伤感　开始
半夜鸡叫
马不停蹄

——这一切　并非没有原因

马踏飞燕

没有比喻　这只是一道汉塞
一段岁月　用了铁与血来磨砺
当骑兵席卷　烽火连天
一切都不可比喻　因为时间虚妄
即便燕子是一只容器　也将
漏洞百出　说出秘密
事实上　旷野经不起推敲
天空会纵容大地　一切破碎
一切成灰　就算最苍凉的单于
也握不住　眼前广大的秋意

不知道谁在马上　游牧云朵
养育星群　那个下午的私塾里
诵声起伏不定　匈奴未灭
何以家为　当青稞乍现了锋芒
一亩晴朗的红罂粟　裂帛穿云
真的　不知道谁将第一个撞线

扣住燕子这个比喻　继而
装订出一本《飞鸟寓言集》
有人从沙枣树下踅出　看见
青铜生锈　自己早已今是昨非

铜　马

铜马，一盏灯台。
铜马，从汉朝到大唐，
款步而来。
铜马，饮冰茹雪，筋存怒脉。
铜马，胡笳与长笛，
总计十八拍。
铜马，驮来了一部佛经。
铜马，秋风塞上，
总有一些事，一些爱戴，
不必介怀。

铜马，铜马，
远放焉支山下。

凉州长笛

笛声中，有一座旧式基廊，名曰凉州。
笛声中，七里十万家，五门十八姓，彼此姻亲。

笛声中，老鹰和佛陀，开始搬迁新居。
笛声中，秋风拂面，一页经书刚刚录毕。

笛声中，祁连山业已白头，不是下雪，乃是星光。
笛声中，痛苦不过是一份口粮，正在慢慢研磨。

那一日

那一日，祁连山落雪，
有关豹子兄弟的消息，开始
众说纷纭。那一日，
要么是枞树，但更可能是一群
病中的白桦林，不治自愈，
走下了山坡。
那一日，炊烟俨然是蓝色的，
来自青海，形如经幢，
有待凉州去援管落墨，抄下
这个季节的心事。那一日，
恰值正午，老鹰迎娶了雪莲，
这一段秘密的姻缘，
堪比酥油与冰糖，从清朝
一直甜到了民国。
那一日，在绿洲境内，
马帮和驼队就此辞别，一个北上，
另一支南下四川。那一日，

村小开放,鞭炮齐鸣,
一介少年终于领到了课本及毛笔,
不是别人,他就是我的父亲。

……自此,我在凉州的这一张
扉页上,钤下了
个人的印信。

苏武山

　　海上看羊十九春
　　人间化鹤三千年

过一种充分的生活吧　如果
时间还久　不如捧土上山
堆砌高度　带羊下海
静候帝国的黄昏
偶尔　请大雁夹带一封私信
搁在天空　或者邀老鹰来对饮
说说青春痘　欲望　童养媳
和裸奔　过一种懈怠的生活吧
在北方的雨水中　栽下蘑菇
劈柴　枞树和火种
倘若大雪围困　帐篷之内
一定有一碗秘密的酥油　坚持到
朝廷幡然　皇帝醒悟
只是　这手中的一根汉节

铁树开花　已然迟暮
过一种遗忘的生活吧　画地
为牢　将短暂的一生
掐头去尾　再三丈量
有时候　眺望是一份罪过
而山顶上的驻守　不免眩晕
却不是救赎　那么久了
星宿寒凉　征衣战抖
只有羊群蕃息　逼使一只狼
丢掉牙齿与幻想　过一种
海阔天空的生活吧　纵使
匈奴后撤　一位沮丧的单于
死于归途　让时间失效
让羊皮的地图　漫漶
模糊　带来风吹草低的惊悚

绿洲上的鸦群

这些野孩子　蓬头垢面　掠过了
河西的麦田　惊醒了文庙中的孔子

这些天空的囚徒　拉开傍晚的黑幕
越狱　遁逃　去完成一个季节的救赎

这些光斑　来自史前的岩画　前一秒
喑哑　后来聒噪　仿佛《山海经》中的雨滴

这些残损的贝叶经　用羽毛　用了黯淡的
心跳　给莫高窟打上　苍凉的补丁

这些魂灵　乃绿洲一带最微小的秘密
当风沙吹袭　它们慌忙扶住了大地的天平

庄子里

弟弟们在打锅盔　今年的
新麦熟了　难免要迫不及待

祁连山一带　豹子追逐
杜鹃盛开　媳妇们从娘家回来

羊有点腥　葱有点呛　生姜
一定会发黄　总体上还有个长相

说书的人游走不定　不是三国
便是隋唐　还偷偷地把油灯拨亮

地里有坟　先人们吹拉弹唱
弦索不断　说什么板凳短　桌子长

佛不会关门　如同晚霞普照
依次把沙漠里的鱼　悉心供养

那些黄昏　有一根炊烟　一丝惆怅
像掰开的锅盔　里头如雪　外面金黄

祁连山记

其实　我们把头顶上的事物
都叫天　比如星辰　云朵　四季
和如水的天命　更多的时候
我们也把佛陀　父母　三尺之上
的神明叫天　这不言自喻
甚至有一些哽咽　春天时
巨鹰挂在了天上　像一个人
怀腹的伤情　神秘短暂　而到了
秋季　雁群怒放　经书闪烁
一段冥想的日子余味悠长
是的　我们把内心的一些珍重
称作天　诸如恩养　觉悟　一刹那的
泪水与感动　在生而为人的世上
有时候邂逅　有时候走散
但天意难问　偶尔　五谷和蔬菜
香火　梵音　百姓与子弟也构成了
一片天　站在苍茫大地　彼此呼应

此刻　祁连如天　落日如金
在可汗与英雄滚滚消失之后　我们
像守着一道律令　绝不改口

卖冰者传

在祁连山伐冰　等于突破雪线　在豹子的
领地筑寨扎营　接管贸易　这晦暗的

想法　一笔惊心的账单　好比在天堂
纵火　也比如一个小丑　窃取了御玺

令算盘凌乱　江山失色　在人世间伐冰
碰见了微服的佛陀　他骑着麋鹿　正在

拆解菩提的密码　这饥渴的冲动　只能
归罪于一只犄角的背信　天下大旱

凉州一带　有人讨教木鱼　有人枯坐
井底　却没有人压下云头　对着

西行的骆驼　道出真相与委屈　向太阳
伐冰　含着一口苦水　从它的窟子里

借一块阴凉　取一碗悲伤　而后带着
壁画上的般般诸神　一路上大雪纷飞

再　远

再远　有一座银矿
再远　一窝鼹鼠　藏下冬季的萝卜
再远　寺里正在修钟　莲花病愈
再远　羊群下山　走向了肉铺

再远　坡地上晾晒了一匣子经书
再远　二闺女骑着拂尘　远嫁大柳
再远　上弦月走后　茯茶也凉了
再远　头顶上一直空着　犹如佛窟

然后就到了敦煌　翻身下马
点一盏油灯　喊醒墙上的每一位菩萨

祁连山谶言

比东面的朝霞　少一炉香火
比西来的大象　多了一节骨骼

比夜晚　少一只鹰
比今生　多了一件袈裟

比此岸　少一件乞钵
比大唐　多了一介李白

比天空　少一坨酥油
比敦煌　多了一堂肃穆

比你　少一份痛彻
比我　多了一幕热烈

突然决定

靠在山脚下,突然决定,
大哭一场。你看,春天跳下了马车,
寺庙亮了,鸣禽和枞树,
像一门古老的哲学。大哭一场,
最好蘸上泪水,将冬天用过的灯台
逐一洗净。鲜花在坡上,
麋鹿和枝条,被露水扶起,
在雪线收缩的一带,
凤凰破土,妇女哺乳。
祁连山:一座思想的天山,
一根伟大的脊梁,用了绿洲和石窟,
菩萨与毛笔,卷土重来,
写下今日的说辞。靠在山石上,
突然决定大哭一场,
你看春天来了,春天就要有
春天的样子,布施下悲痛、酥油、隐忍和鞭子,
在这无限的北方。其实也并不孤单,

孤单才是一堆真正的爝火，
晒干《汉书》和酒碗。哭作一团的，
另有班超、霍去病和张骞诸人，
而那个身披袈裟，牵着
一匹白马的僧人，刚刚离开了当年的长安，
大概在九月才能相见。

八月,在汗腾格里邂逅一句唐诗

或许　那一根孤烟
其实是老鹰撂下的暗影　有人拾起它
开始研墨　写下大唐的《心经》

也或许　那不是一块墨锭
因为天空澄净　牧羊者走出了沙漠
一不小心　喊破了头顶上的玻璃

雪豹经过了寺院

雪豹经过了寺院　　脱下一件衣裳
用神秘的花纹　　求证贝叶经

雪豹经过了寺院　　看见玄奘
或鸠摩罗什　　在古历四月八日　　开始沐浴

雪豹经过了寺院　　冰川犹在
春天里的货郎　　捎来了凉州一带的消息

雪豹经过了寺院　　一些酥油化了
一些灯台熄灭　　终归是有惊无险

雪豹经过了寺院　　往往揭起了门帘
跟我打一声招呼　　去而不返

雪豹经过了寺院　　壁画上的大象与狮子
突然间慌乱　　因为孤独这一碗药　　恩重如山

最响亮的月亮

月亮下头，鸠摩罗什
和我，刚刚从雕版上揭下了
一叶湿纸，端详再三，
开始晾晒经文。月亮没有醉意，
不打瞌睡，照过凉州，
也照过甘州、肃州和敦煌，
像我这样的匠人一般，
谨小慎微，恪守本分。

月亮下头，一匹白马
走进了寺院，不赠僧衣，
也不曾献上莲花，却是一个
襁褓中的弃儿，哭声嘹亮。
大概在秋上，有人匿名
送来了一坨酥油，另有一缸
蜂蜜，这种恰当的因缘，
突然之间开始了融化。

月亮下头，一切并非
那么安详，窟子里的大象、狮子
和麋鹿，从壁画上走下来，
纷纷剃度，回到了人间。
在南门外，一个人
掏出了度牒过关，倘若上面
空白无字，口音
也可以证明他是家乡的子弟。

此　刻

嘘　骑在山脊上的
那一团乌云　卸下了雷电
开始用墨水抄经

嘘　三棵枞树带着锯子
正在剖解内心　突然发现了
树皮下雪豹的纹理

嘘　山顶上积攒的
要么是前世的盐　或者是
今生的雪　彼此相生相喜

嘘　我翻身下马
恰好寺门紧闭　般若休憩
这说明一切还有待时日

我对祁连山并不见外

山中,藏着这个人世上所有的根苗:
铁、灯台、因缘、袈裟、蘑菇、豹子与佛法、
儒典、后人,以及一场泪水。

我来到的第一天,和最后一日,
其实什么也不曾看见。

我对此并不见外,因为佛龛空了,
往后的日子,挑水劈柴,才是一门殷勤的课业。

二月二,龙抬头

头颅突然间轻松了,祁连山亦作如是观。

接着,冰川消融,
万木蓊郁,
春天跑下了山坡。在不远的沟里,
有人在浣洗袈裟,有的人
在张望货郎,
更多的牛羊,则走向了生育。

龙在哪里?其实
没有谁,胆敢这么发问——

唯有壮烈的山脊静默着,一如从前。

绿洲缠绵

昏黑的乌鸦，就像我们
在七百年前，捧住的一只只旧饭钵，
蹲在先人的膝下，守住稼穑。

偶尔，一匹白马带着月亮，
秘密南下。张掖睡佛，酒泉哑巴，
敦煌的匠人，纷纷收起了泪水。

和平来了。——这广阔的水脉，
犹如一张偏方，按住了地埂
与节气，也修复了镬头、连枷和内心。

伐　冰

那三块冰，用夏天的斧子
伐自山顶，并不是交给疏勒河，
以及深广的戈壁。因为人世上的秋天近了——
木鱼冷却，
弦索枯寂，
一切已无从谈起。

于是，那三块冰：寺庙，雪莲和灯，
必须依次赠予
天空，
心病
与守夜人。

唯有祁连山静默如佛，翻开了
下一年的阴历。

在马蹄寺点灯

事实上,不必点灯。

尤其在黑松林一带,
山口之地,冰川的下方,
藏经阁的屋顶。
或者游牧的部落,或者
打鸣的公鸡。春天
往往有一场在世的薄雾,
夏季是唱诵,九月的
凉州大马,
于此处换下了蹄铁,
开始在雪中磨洗。这一切
真的不必点灯。

窝阔台的蒙古大军,刚刚
越过了山脊。
谁点着了炬火,谁就
泄露了天朝的机密。

黄昏怎么概括

黄昏怎么概括,尤其在冬季?

失踪的儿马,昨晚夕
叩门回家。
马厩空着,那些痛苦的草料
挂满霜花,
剔除了哲学与盐粒,犹如
来日的长路,
充满了谶语。

彼时,天空泌下了一滴蜂蜜:
表面像夕光,
内部
却是一只法器。

后半夜

后半夜，有人在跟雪豹称兄道弟，
贪夜下山，
去邀请一个大雪纷飞的冬天。后半夜，
马厩里的干草突然告罄，
但香音神撒下的花瓣，足够
支撑这个季节。
后半夜，一块山石莫名地炸裂，
但内部的酥油灯
完好无缺，犹如
一只新娘子的绣花鞋。后半夜，
在山脚下的部落，
谁在咳嗽，谁开始了早课，
也许只有雀鸟和门槛心知肚明。

后半夜其实是一座窟子，
一切都不可言说。那时候，
佛陀酝酿了一马勺天光，火候未到，
还有点半生不熟。

张掖消息

张掖的麦草，往往需要晾晒、打捆、长途运来，
成为山中诸寺的御寒之物。

但是，问题无所不在：涨价是一个因素，
天气阴沉，太阳这一座高炉也是麻烦不断。

这其实没什么了不起。入冬后，
大雪封山，在寺里挂单的那一段日子，

我经常跟着师父，捡拾斑鸠、旱獭、羽毛和松针，
浣洗一新，准备好来年的柴火。

来年，在史书中这样记载：太古以降，
甘凉大道上，万泉涌地，如星丽天。

去慰问泉水

山中的泉水,并不比雨水密集,
尤其在这个季节。

但是这些泉眼,乃是
上苍打在大地上的银钉,朴直而烁闪,
含着秘密的熔岩,
盯望长天,锁住岁月。
在雪豹的领地,在寺院与法号的吹鸣中,
在慰问的半途,
这些热烈的泉水,另有
一个别称:白哈达。

围坐泉边,我们跟粮食和菩萨一起,
诉说心事,
小心翼翼地浣洗过去的清贫
与泪水。

——这一刻,多么珍贵。

在张义镇

卸下铠甲,刀枪入库,
在湖水里洗净手脚。
那些金属的杀气,
其实并不被天梯山悦纳。

群山如佛,如缄默的供案,如往昔。

但是开窟造像,则是
另一门纪律。

在张义镇的户籍上,总计
有三户居民:
一位坐佛早于敦煌,
另外的一对喜鹊夫妇,犹如
阿难与迦叶

侍立耳畔,日夜诵念般若经。

不可言说。在这一片幽深的谷地,
春天也才刚刚苏醒。

有一度

有一度，并不是雷电纵火，
而是枞树热烈的心，
在公开表达。有一度，
山羊带着帐篷和子女，
踅出寺院，胡子一大把了，
竟也未能证悟。
有一度，榛莽丛林之间的麋鹿，
犄角上挂着马灯，
在寻访黑夜的下落，这样的事情
往往徒劳无功。有一度，
货郎在清晨进山，兜售自己的苦恼，
但是被一群旱獭拦住，
类似于陈桥兵变。
有一度，那是我的学徒岁月，
我在印经院里帮工，
不小心划破了手，
一袭红袈裟，突然披在了
佛经的肩头。

山中一日

山中方一日　世上的事　便也难说
比如凉州在扩张　天马醒转　一个
买醋的稚童　路遇了圣人孔子

接着　文庙的状元桥上　一把宋朝的
铜锁不启自开　醉酒的冯爷　这天骑上了
自行车　将萨迦班智达　捎到了北关附近

羊

羊最美
能辨识花草　吐纳沙粒
守着大漠的羊最美
真的　早上的羊最美
用一滴露珠　一根沙棘
开始散步的羊最美
羊不知天堂　也不知经卷
但羊群从佛陀的身边过了
一夜　此刻耳聪目明
像婴儿一般最美　羊最美
正午的羊打开了寺门　啃食日斑
仿佛全天下的盐
不必上税　那一刻　锣鼓入睡
铙钹哑然　羊群若寂寞的百姓
顶礼膜拜　了却世上的
俗念　傍晚的羊最美
因为有一顶帐篷　一座羊圈

还在坡上　不曾驶离

羊最美　落日下的羊群

披挂黄金　像一幅灿烂的唐卡

带着生死不弃的秘密

在河西　民勤的羊最美

像一句然诺

一道破解不了的习题　细数

戈壁　甘泉　日落月起

如同一本本破碎且古老的《圣经》

册页：焉支山

马是家里的一员　但如果他白天懒睡
晚上去看星星　夜不归宿　说明已经青春期

白马不能用鞭　他的身上扛着经书
而杂色的　一般都是吹鼓手　来自阿拉善右旗

苜蓿没有营养　但在雨季到来之前　屡上
麦麸与泪水　刚好可以风吹草低　牛羊毕见

早年间　土匪还能识字　货郎们也拒绝
坑人　大人们种青稞　稚童喜爱毛笔字

真的　皇上差人来买马　迎头碰了壁
那是春天　天良犹在　恰是怀孕的一季

河流也生死未卜　因为冰川像一个人的
念想　有时候笃信　更多时犹疑不定

入了秋天　匈奴比火灾更甚　老鹰炸群
狼狐鼠窜　月亮像一件单薄的征衣

其实没有谣曲　在少年将军走后　也没了
胭脂和回忆　马蹄声碎　不过而已

八声甘州

在祁连山顶伐冰　麦草裹覆
而后运进甘州
分发百姓　炎夏来临
养一池清水和金鱼　并用
芦苇装饰　供养于
沙漠和戈壁之际
那一刻　喇嘛吹奏　酣睡的
卧佛翻身而起
三公主来自长安　一身锦绣
意欲西行　匈奴的使者
正在晾晒脊背　打算夤夜而去
捎一封和平的书信
在甘州　藏红花流行
有人在蘸写经书　更多的人
开炉炼丹　服下蟾蜍之卵
却没有人去往郊外　打探
壁画和雨云的消息

某一年　儒学大炽　在平仄
和韵尾之间　奶奶学会了裹脚
后生们扪心自问　筑起了
三纲五常的塔基　一块冰
悄然融化　仿佛游移的湖泊
秘密媾和于绿洲　令马匹
和羊群安心　农历七月
红柳开始煽风点火　而遍地的
沙棘倚马可待　迎候着
敦煌的神祇　前来筑坛说法
醍醐灌顶　八声甘州　舌头下
压着一块蜂蜜　与凉州相望
仿佛一介武士　于苍茫暮色中
忽然热泪奔涌　泣不成声

巴丹吉林深处

深处的大漠　春天开花
秋天有鱼　甘泉之下埋着一本《圣经》

姑娘们全部开放了　细碎的花朵
用沙粒　用了心跳和结晶　兀自绚丽

豹子经行　乌鸦啼叫　即便
有一种处世的哲学　也无人皈依

早年间的商贾　以及驼队和刀客
在最后一场风暴里　杳然无迹

辛丑　农历四月　天象凶险
由晴转阴　龙门客栈里只有一位僧侣

金镶玉　红拂女　这起伏的沙丘
像一段柔软的腰身　泌下汁液与爱情

罂粟时节　有人寄赠了一只公鸡
有人在研磨药草　看见了八百里快递

皇帝尚未动身　长安城里香火炽烈
唯有这避难的一隅　电闪雷鸣

胡杨在打制金箔　游移的水泊可以
浣洗前世　让今生去悄然显影

在深处的大漠　两个哑巴　巴丹
和吉林　守着天赐的机密　昼夜轮替

刀客传

刀客是不留名姓的　包括度牒　行囊
草鞋和刀鞘　不问来路　亦没有归途

在浩荡的烟尘中　刀客只身上路　独步
东西　不为人役　但也不被人欺辱

鲜为人知的一幕　一只巨鹰　磕头
换帖　成了刀客的生死兄弟　上下呼应

在这条路上　刀客簌簌而走　让你误以为
他是打铁匠　农夫　买卖人　或者别的身份

刀客一般哑巴　面无表情　不轻吐然诺
万人如海　刀客也像一块黑板　只字不语

脚下没有阴影　刀客像天山上的雪花
也好比一粒飞沙　唯有菩萨才能看清

那一天　龙门客栈　一群醉鬼来寻衅　刀客
抱拳求饶　幸而碰见了金镶玉　这才解围

有人透露　刀客的确痛哭过一场　不在闹市
也不在郊外　中秋之夜　哭倒在了庙顶之上

刀客嗜酒　曾在祁连山擒过熊　捉过豹
旱地拔葱　还在凉州城的鼓楼上　凌波微步

平素里　刀客喜欢晒老阳儿　像一卷摊开的
血红色羊皮　不知寒暑　也不论阴晴

然而　没有谁见过刀客出刀　他担了一辈子
好名声　最后却失踪在了漠北　尸骨无存

传说　刀客一直在等那个人　对方出了
嘉峪关　便再也没了消息　于是一切成谜

断长城

总有一扇门　难以关闭
比如春风伊始　坐在马上的神祇
吹醒了天空　携带雨云
过关而去　总有一扇门
在秘密凋敝　贸易的法则
以及利润的驱使　马放南山
刀枪锈蚀　让罕见的和平
有了一寸之长的喘息　夏天时
喇嘛南下　采买了宣纸和毛笔
准备忏悔　供养和写经
而和亲的公主们北上　带着
珊瑚　丝绸　种子与茯茶
开始捐献此生　生儿育女
是的　总有一扇门　蜿蜒千里
却又虚掩　仿佛失散多年的兄弟
四目相对　迅速认出了自己
秋风起　山蛇肥　一封热烈的家书

坐上了烽燧　有人收割
有人思念　而帝国的黄昏
在诗词里塌陷　让打马而过的
岁月　经不起吟咏和赞美
在这一条走廊　寥廓的河西
总有一扇门　风吹不定　不属于
残垣　断壁　其实一直在心里
暗自神伤　纷飞落地

马蹄寺石窟

天空鸦雀无声　天空之上的草原
已经秋季　天空泛黄　像一册贝叶经

一定这样　天空藏着什么　但哑口不语
天空仍旧老样子　拈花一笑　继而阴晴

天下驿站

再跑　　就到了天边
天边空空荡荡　　唯有
落日熔金　　在镌刻农历　　兵事
哀歌和匈奴的悖逆　　天下危局
长安一病　　唯有湍急的
马蹄　　掠过烟火与梗阻
方可报告河西四郡　　再跑
就把自己搭在弦上　　让一枚箭矢
穿云裂帛　　呼啸来去
钉在《史记》的一页　　成就
汉家的疆域　　黄昏下的枯棋
有一些昏暝　　亦有一点
黯淡的血腥　　在这一次长旅上
丝绸燃烧　　五谷萌芽
却并没有兵戈的噩讯
再跑　　一步登上了天庭
将凉州　　甘州　　肃州与沙州

供在了春天之鼎　马群沸腾
仿若热烈的人民　从此
安歇与生育　那一刻
让祁连成为一段思想　冰雪
解冻　开始了鲜花的哺育

茶叶来了

茶叶来了　就等于京城的诰书
抵达了甘州　让缱绻的雨云
舒卷自如　那在龛上沉思的佛陀
就此醒目　开始了这一世的弘法
和朗诵　茶叶来了　云南下关
或者苏杭　那些漂泊的枝芽
氤氲的水雾　其实并不曾谢幕
当月亮挂在西天　鹰的内心
出现了残损　这些春季的护法
便慈心于物　踏上了崎岖的道路
茶叶来了　草原上的酥油
刚刚滚沸　三年前走失的儿马
忽然长发披肩　现身眼前
让阿妈柔软地一哭　天空
站满了性感的度母　茶叶来了
在此之前　乌鸦还有一丝伤感
头羊晕眩　疏勒河里的波澜

说明了金鱼和鸥鸟　放弃了
前嫌　但是木铎响了　货郎们
带着机密的笑脸　今天的
皇历　一定有不为人知的细节
茶叶来了　在广阔的漠北
与阴山　狐狼在撒传单　豹子
投案自首　一场缓慢的暴风雪
摸上了地平线　那一刻　我和
单于正在烤火　关于长生天
和命运的一些疑难　在听见这个
消息时　一切都不请自便
是的　以茶叶的名义　即便
一堵长城阻拦　也必须挥刀
上马　南下一饮

见　闻

张掖的麦地里　有一群乌鸦
在练习跳高　试图与老鹰比高
黑衣的魔法师　似乎来自苯教
让禾苗返青　灌浆　并让
一些妖娆的女人们　在暗夜里
呻吟　拔节　仿佛沙枣花
一样繁茂　三哥从沙漠里生还
老光棍　神经错乱　声称碰见了
唐僧　后者将他带出了绝境
又返身去取经　在扁都口一带
荒芜英雄路　成吉思汗的马蹄
辙印　谣曲与传奇犹在　仿佛
刚刚驶离　炉灶里的灰烬
埋着玉米和洋芋　有消息说
山丹并不平静　这几天
有一群马经常炸群　但豹子
去了雪线　狼也在避暑

天下太平　这件事便有点儿
狐疑　史称张掖　有关西域
二十七国的秘密不再　但迎面
而来的人们高鼻深目　口音
沸腾　好像时间的后裔
宁死不屈　郊外的一座湖泊
发现了蓝色的鲸鱼　它颀长的
尾翼　翻卷　摇曳　犹若一本
失传的经书　在晾晒自己的
脊梁和气质　午后时分　我路过
那一尊卧佛　猜想睡眠也是
一种觉悟　一种修习　我没打招呼
萧然远引　口诵了一声　阿弥陀佛

速写：肃南草原

晚霞也不能幸免　如果天空爱戴着酥油

跟着一团祥云　我们向货郎买了
针头线脑　替熊和狐狸
买光了猎人的全部子弹　还向银匠
买下了世上最亮的一块银锭

如果天空爱戴了酥油　晚霞也不能幸免

还要请箍桶匠　给这一年的痛苦
打上补丁　给马换上钉子和鞋
寺里派人捎来了祝福　回赠一条哈达
而后在奶茶碗里　泼上一勺蜂蜜

传　唱

羊在春天开花　羊肉花
草在天空开花　星星花
佛在夜里开花　酥油花
人在世上开花　子孙花

蚕在路上开花　丝绸花
刀在酒里开花　葱油花
灯在心中开花　凤凰花
经在人间开花　喇嘛花

阿妈说

那一年　他在山上饮马　红脸膛
铁脊背　那一年的泉水里还有鱼

那一年的青稞茂密　牛羊长膘
我翻过长城去拾苜蓿　身上怀着你

那一年　凉州城里的哑巴忽然开口
菩萨也离开了寺院　来不及锁门

那一年的祁连山　豹子吃素　书生
闭关　有人还捡到了一只凤凰的耳环

那一年　来自长安的使团　停了三天
他们晚上望月　说月亮上开始冒烟

那一年的集市　醋不酸　盐很涩
妇人们提前买下布匹　缝起了尸衣

那一年　肃州城弦索不断　夜宴连绵
铁匠的铺子　早已转行成胭脂店

那一年的开头　并不比年尾好上
许多　经年的皇历　也没有一丝征兆

那一年　和亲的公主没有了消息
河西一带　土匪们也杳无踪迹

那一年的下午　他骑马下山　朝我
挥了挥手　迎着匈奴人　再也没能回来

旧日使团

使团到来的日子　客栈的
公鸡　梦及了右贤王失足坠马

一病不起　那时候　帝国的北方
迎来了夏季　关于苜蓿　关于

版图和龙城　尚在以后的叙事里
洒扫庭除　开门纳客　长安的

青年张骞　第一次投进了
河西一带　惊诧　长跪涕零

哦　那一刻气血奔涌　那一刻的
汉家宫阙　诗词用来下酒

明月可以洗心　没有人去追究
雄心的疆域　如同天空不会怪罪

巨鹰的轨迹　持节的人　就此
质押自己　让时间一点一滴

磨砺成针　绣入一片曙色中
成为传说　以及漫山遍野的今日

思　乡

那一刻　东山顶上　也鸦雀无声

思乡必须用一支羌笛　坐在烽燧
东山顶上　没有别的　除了一轮
明月走来走去　这个人从前世
来到了今生　竟也口说无凭

那一刻　明月也无辜　迁徙至此

坐在烽燧　独自守着秋寒与大地
内心却狼烟四起　热泪满地
往事般般　一切都凉了下去　包括
青春　爱　故园　江山与皇帝

与马对话

沿路走来　人烟稀落　山河回避
枝头上不见因果　唯有沙石扑面
天空逼仄　一条路成为了宿命

沿路走来　你我主仆二人　带着
命运的包袱　未曾打开　不敢
端详　把心中的一块蹄铁　慢慢磨破

偈　语

我体谅自己　这一生都在路上
寸步不离自己　也没有丢失一点一滴

我体谅这一条路　始终扶住我
用飞鸟的心　蚕的速度　慢慢抵近

我体谅天空　不弃不离地照彻我
在夜晚仓皇不已　在白天有一份伟岸

霍去病在酒泉

上酒　今日一醉方休　在地图上
裹尸　在长城下埋葬青春　如果
豹子和熊赏脸　也请天下英豪
不打折扣　上酒　再切来一吨牛肉
舞姬缭绕　侏儒漫唱　在一道
圣旨上尽情呕吐　蹄铁已经发红
三军逐鹿　如今站在了地平线一带
匈奴踪迹难觅　唯有秋天站在高处

上酒　点一盏灯笼　挂在帝国的
内部　一个人可能抵达的距离
不过是异熟之果　照亮史书　上酒
或者罢席而去　独自散步　要是
邂逅了太史公　只字不语　太多的
倾诉　反而让时间刮骨疗毒　是的
这么久了　与天空面壁　和祁连山
一道参悟　必须收起自己　深藏功名

在戈壁

砾石翻卷　罡风不过
是一次梳洗　暗夜的突围
没有门　甚至也没有一声
暴怒的惊叫　让莲花指引
在此之前　在沧海转身　变作
桑田的日子里　可能是
鲸鱼的操场　水母的洞穴
如果有人拉起了风筝
跑过这个荒凉的人间　一定
有迫不得已的关心　今夜
星光用一些羽毛　一捧流失的
沙粒　供出了汉简和壁画的
奥秘　但是没有灯台　没有
可以师从的歌唱　让人
用黝黑的石头打出银器
这台旷野的复印机　一边
是谬误　另一边开始渗透

黎明　在最灰败的时刻
看吧　弧形的地平线上　地球
也只是一块顽石　含着
一份玉的品质　拒绝澄清

鹰　说

群山如佛　我骑着一阵风
守住天空这一本经书　以及

书里的谶言　爱　流亡和秋天
因为生命都在路上　偶尔的

雨滴　白云的反射　会让他们
认出我　并且知道了孤独并不是

一桩可耻的命运　我在天空
栽花　用银河浇灌世上的张望

大地起伏　我点起太阳这一堆
篝火　我用月亮舀酒　陪着

普天下的爹娘　村庄　井水
和洞房　等待远去的儿子们

策马归来　痛哭一场　我还要
骑住一缕夕光　像一介红衣

僧侣　安抚下旱獭　牛羊　毡帐
好日子毕竟短暂　每一碗饭

其实都恩重如山　在边疆
在这悲痛的北方　和平喘息

铁骑叩门　一些血腥的罂粟
开始长驱直入　于是我派遣了

乌鸦　马灯　霹雳　一路上
拉响警报　去追杀狼烟　是的

这就是一次死生　我踩着天空的
巨石　为大家守住　这最后的退路

群山回唱

让烽烟点燃　拉开陈旧的幕布
露出江河　城池　人民和谷穗
我不能落伍　在这一条长路上

我跟群山彼此知己　引以为荣
那些清贫的过去　足够说明
一些爱戴　一些花团锦簇的内心

是如何泪下　如何褪尽黑夜的
外衣　捧住了黎明　母亲是一枝
肆意的葵花　照料儿女　而父亲

当年的离乡　更像一种鹰隼的
搏击　带来姓氏　祖籍　方言
与伦理　我在凉州一带徘徊

在甘州沐浴　午夜时归入了

敦煌　投入壁画之上的神衹　点灯
书写和冥想　一个人的今生　不过

是恩养的注脚　仿若石窟灿烂
飞天漫雨　坦白吧　我和大好河山
没有底牌　唯有彻夜的供养

才能革面洗心　邂逅自己的那一顶
毡帐　安顿下惊悸与沮丧　跟你们
不同　有时候的退却　并不是

一种避让　我在这一条深邃的走廊
蜗行　摸象　像一个孩子似的
时而天空绽放　时而群山回唱

问　天

太阳　请你从高高的天上下来
回到我们中间　请你下来
照见脚　泪水　青稞和暴雪

月亮　请你从远远的山上下来
钻进帐篷里面　请你用水
让灯笼　嘴唇　佛经慢慢醒来

爱情　也请你从虚空里下来
站在我的肩上　请你蹲下
把心　菩萨　悲伤　一起供养

留　言

给这条路留言如下　尤其在黄昏
当一队僧侣和飞天走出了莫高窟
不必点灯　因为豹子还在守护

给正午留言如下　如果一把刀子
开始寂寞　不必在日光下去磨
因为仙鹤在祷告　天空是一座教堂

给湖水留言如下　那些倒伏的芦苇
不必搀扶　包括金鱼　海马　珊瑚
以及岸上的一双草鞋　因为菩萨在沐浴

给天马留言如下　除了怯懦
所有的上帝都长羽毛　请把佛龛
扛起　这一盒茶叶必须在春天投递

给灯笼留言如下　其实告白

或忏悔　都需要一种焰火的提醒
谁邂逅于凉州　谁就率先掏出泪水

给青稞留言如下　当冬雪渐近
那些芍药和玫瑰陆续下山　这时候
一定的谦卑　千万不要告知枞树

给公鸡留言如下　抱歉　这么久了
我第一次坦白　黎明不过是一封
迟到的书信　事关早年间的公主与和亲

给爹娘留言如下　见字如晤　儿长跪
不起　在这悲痛的北方　我靠大雁取暖
用思念度日　然而匈奴未灭　何以家为

飞将军

多少漠北　多少黄沙碧血
多少首级　篝火　杀戮和夜宴之饮

多少密集的箭矢像冲突的内心
多少征衣　带着露水　多少寒凉

让一个人的骨骼清丽　多少回望
多少难以启齿的爱　干涸到底

多少辞别　多少马革裹尸
在丘陵　雪山　戈壁　多少一览

无余的热情　寂灭成灰
多少速度　多少蹄铁和巨石

砌筑了飞行　多少奔跑和跌仆
青春　回忆　燃情岁月中的丰碑

多少结盟　但走下去的还是自己
多少宫阙与丹墀　一册山河里

多少开疆斥土　犹如血红色的
晚霞　犹如一张无辜的羊皮

多少书写　被暗自篡改
多少酒　胡舞　传唱　被夜色榨取

多少天空　忘了祭祀　多少
马背上的神祇　带着秘密的意志

多少里　才能返身看清自己
多少千回百转　配得上引颈一死

狼烟下

谁用芦苇　将长云点燃　挂在了天上
谁的烽燧里　生命在冒烟　说出了慌张
谁的脚踩在路上　看见了乌鸦真实的羽毛

谁在打卦　前半部分预言　后一部分诅咒
谁破坏了这个春天　撕碎了一封家书里的消息
谁的北方　令匈奴哀戚　唱起了焉支山下的谣曲

刀　子

刀子说　不是问题　一切都将
迎刃而解　在这条长路上　我说了
还算　除非有一把刀鞘　叫天下

刀子说　我守着佛像和灯笼
在这个寒冬　还得照料两个婴儿
一个是红隼　一个是旱獭

刀子说　游击于旷野上的土匪
也有好的一面　呼啸东西
杀富济贫　我尽量绕开他

刀子说　沙州城外的一亩麦子
皇城草原有一顶毡帐　我离开
许久了　是不是别来无恙

刀子说　我三教九流　认得

色目　吐谷浑　突厥和吐蕃
这些远来的人　跟我没什么两样儿

刀子说　有时候我去石窟里
点灯　偶尔　飞天娘娘会拦下我
询问春天　我一般笑而不答

刀子说　酒是一个换命兄弟
我醉倒时　他往往扶起我　让我
看见天空太深　自己很轻

刀子说　我在凉州淬火
在天山顶上磨刃　只有深刻的
疲倦来临　我才会闪烁一次

刀子说　那一年我追随少年将军
霍去病　后来又挂在忽必烈　窝阔台的
腰里　我一世清白　像一份铁证

刀子说　我曾经深爱过　在那个秋天
我拨开了枯草　河流　山峦　我对着
整个北方　大喊了一声　和平

絮　语

今夜我备好马　在鞍子上
安顿下月光　今夜我不打算叫醒
星群　让它们和天鹅
一起取暖　不知道明天的秘密
路还长　春风和秋凉
像游牧的狮子　但对我
无计可施　今夜里　我照顾好
半亩棉花　一卷佛经
因为人世间的灰尘　有时
寂灭　更多的时候是宵小之人
今夜不可磨刀　不必买醉
出了这一座城门　天下
就会陌生　西去的路上
我会遭逢波斯　埃及与红海
也将碰见弦子　孔雀　喷火小丑
一定的水土　当然会有一定的
人民　今夜我还要带上

痛苦的拌料　比如咸的眼泪
张皇　眺望　甚至一次次呻吟
去做无援的祈祷　今夜
无人入睡　我不敢打搅
教堂和排练　我的每一次
远行　其实是为了更好的逼近

这一生

我跑遍了十三省　　去找那个医生

央请她　治好这一群沙棘
让它们起身提灯　　照见漠北的
苏武　把那些哭喊的
羊群带回家　我还祈求
把壁画上跌落的那一位飞天
连同发亮的银簪　慢慢扶起来
打上药膏　绷带　绑腿　安顿在
莫高窟的下层　秋天了
一碗酥油开始变凉　一些灯
收起了翅膀　于是马瘦毛长
部落走下了山岗　但一亩青稞
意外地迟到　一峰骆驼
披着楼兰的外套　夤夜而归
满脸的惊慌　这都需要仔细的照料
我还央求　她用一枚针

扎扎雪豹　因为这家伙
自从佛爷摸了顶　便开始吃素
高烧不退　如果允许　还请
慈悲为怀　土匪也是一条不错的命
一份紧急的病例　或许这是
一次回心转意的机会　不久之后
暴风雪就要来了　我接着请求她
去看看草原上的帐篷
锅灶　牛栏　缰绳和阿妈　如何
在白雪的季节　颂唱嘛呢
让每个人的脸上都开满了鲜花
是的　我这一生都跑在路上
跑遍了十三省　去找那个
天下最好的　菩萨医生

风　中

辜负了我　这样的风

所以　在大坂上
我向明月无言以对
我对天空忏悔
丢盔卸甲　一步三退
在这样的风中　山河错乱
一只披风下的巨兽　青面
獠牙　一再拒绝
让我顺着良知与爱　像
一封信那样　滚回人间

空白一片　这样的风中
究竟　我又辜负了谁

铁马秋风

我凉下去的时候　天下的草就黄了

我守着一座塔　一眼石窟
守着月亮和豹子
在路的尽头　看见一卷丝绸
以及这宽大明亮的人世
人来人往　谈笑风生
都比我温暖　一派金黄

凉下去的时候　我才周身响彻
充满战栗

嘉峪关下

关门下　公鸡放肆
羊群默立　十二月里不见风雪

一个寡妇喷嚏嘹亮　远嫁西域
而肃州城内　有人趁机更名换姓

关门下　释子和书生
睾丸寒冷　四目相对　铁马

与梭镖　像过往的所有酋长
或列强　百无一用　不免锈迹缠身

关门下　度牒模糊　有关出行的
事由和财产登记　令人猜忌

一个戍卒名叫元根　看见烽燧上
旌旗摇曳　老虎和秃鹫盘踞

关门下　敦煌的般般诸神　列队
而至　天空像一座广大的藻井　埋下

秦汉　唐宋及明清　那天正午
碰见了一位美少年，我喊他父亲

报　信

从祁连山下来　收好梯子
和翅膀　再一次回到了人间
我和葵花握手　向一座寺庙
问安　这漆黑无定的路上
有两只白银的鸽子　那是我
从山顶带来的河流　与冰块
如实地交给了绿洲　如果
邂逅了一匹白马　需要打探
一声玄奘的归期　路遇了
秦朝的使节　务请他捎去一封
对大唐西域的建议　我投入
肃州　拾起沙漠里的酒碗
和弓箭　让散失良久的戍卒们
围坐于烽燧下　听我诉说
一个人终生的奔跑　会碰见
何等的奇迹　我给棕熊点灯
替老鹰穿好靴子　让弟兄们

带上我　撬开这混沌的大气
与苍茫　窃走黑夜的法器
不错　谁的命里都有一口井
饲养着金鱼　哈达　祝颂
和流亡　以及迎风而下的泪水
我穿过罡风与黎明　摸到了
地平线一带　看见风吹
草低　一群火热的红发奴隶
身穿草裙　妖娆歌唱
大地粗糙地生长　法老　国王
骆驼　部落　像无数干涸的
雨滴　一座花园盛开在巴比伦
而太阳的巨石　正在尼罗河畔
建造塔基　这一刻　我搭在天空
的耳朵上　像一个孩子那样
扔掉暮色的外衣　开始报信

许　愿

我和草鞋　带着这条路
我和狮子　羚羊　孔雀与母羊
守着这条路
我和寺庙不偏不倚　和一切
唱诵与膜拜　爱着这条路
春天了　由着它开花
秋天时　请它骑马回家
我和冰山　草甸　湖水　雨滴
一起上路　哪怕土匪剪径
狐狼当道　我抱着一挂马车
扛起壁画上的菩萨
在这条路上　我才能觉悟
抽了空　我要和凉州
这个人谈谈　让天马下凡
不必在天空踢踏　路过甘州
我一定会叫醒睡佛　那么久了
黄花菜也凉了　人世上的苦海

不过是一盏喝败的茶　随手泼掉
我和落日亲密　一起在深夜
把灯点进祁连　当金山　博格达
然后牵着这条路　挤进
汉家的轻骑兵　大唐的诗人们
中间　我和天下的父亲们一样
认真写下一封信　质问
罡风　尘暴　灾年和瘟疫
说一说执信　以及一意孤行
如此了　我才会一生扑在这条路上
像一坛老酒　庄严地酝酿自己

沙枣花开

这爆裂的浓香　像一次突袭　我打着
细碎的灯笼　攀上枝头　却发现
往世的雨水　等于一封旧信

一切都迟了　我已经来到了
春天的外围　绝不能染指

黑戈壁

夜未央　成群的黑羊　走下天梯

曝光过度的底片　泄露了
天庭的争议　这正午的黑暗
在关城之下　像一个人交出
内心的供词　黑戈壁
不是鹰翅下的阴影　也非
扑灭灯台　向旷野赎罪
行脚至此　才明白一生中的
呼告　也不过是一种
徒劳无益　像爱情　更像
那些清贫的日子　被一次次
错误地复印　并且装订

谁说　这黑色的羊群
不是痛苦泌出的胆汁　披沥
而至　让生命无从遁匿

阳关三叠

牛贴膘　羊正肥　桃花春汛中的
鱼儿最美　使君　为何停箸不食
路途还长　阳关之外再无青韭和葱白

酒已酿　茶新焙　鹰笛阵阵
英雄和小丑共醉　使君　这广大的
人间　慢慢凉却　且痛饮一杯

刀将破　箭堪折　唯有这一身
骨骼踏遍山河　使君　来世少年的
时节　再作相见的盘算　就此别过

修　远

可是　我为什么要悲伤

隔着一头白象　我能看见整个
印度　那里的雨季和佛法
刚刚沐浴一新　去年的借口
在今天开成了莲花　隔着一枚
金桃　我还听见了撒马尔罕
在面包上撒盐　在婚礼上
旋转　昨天的敌手　如今握手
言欢　成了勾肩搭背的朋党
隔着金字塔　我跟一个牧鹅少年
丢下了法老　蘸酱　黄金面具
在沙漠的一角　追上了
尼罗河　以及她的青鱼大军

可是　我为什么来不及悲伤

隔着一只母羊　我知道流沙
坠筒之中的敦煌　一些失败的
笔画　一些潦草的叹息　必将
归入了黎明的月光　隔着
一支鹰笛　一块酥油和一堆
燧火　我明白天山无恙　即便
暴力穿过了城池　哪怕
鸽子披上了护士的外衣　一切
亦不过是将来的追忆
隔着这一条长路　我和天空
碰杯　那些碎裂的青春　一定
会把我扶起　去再一次痛饮

译师传

黄昏肃穆　我在月亮上写经

如果上天应允　我把云朵
翻译成雨　浇灌果园与石窟
让鱼和鸣禽成为一则哲学　不被小觑
得以喘息　乌鸦离开了枝头
它闪电的翅影　快如马蹄
像一个人中断的爱情　我称之为
刹那　或者须臾
世为迁流　界为方位
在这个荒凉的人间　如果
有一只手删繁就简　露水点睛
就此绽放了一枝玫瑰
我双手合十　一定供养为
心田　在无端的暗夜
月亮的表面　我能看见自己
深刻的落寞　像一支笨拙的笔

一道轮回　我从因走到了果
由此拥有了广大的慈悲　生命婆娑
在崎岖的春天　或者　寂灭的
秋日　我困厄于此　在祁连山
点灯　凉州买马　我必须
在每一颗珠子上　刻下欢喜
我逐一安顿下朝代　君主　狼烟
与烽燧　分发种子和功德
并将此译介为皈依

在河西以远　旷野之上　我知道
有一种觉悟叫作不二法门

盐　湖

这寸草不生的水面　恰好
可以用来腌制　在这里
我已然走到了想象力之外　来到了
帝国的边陲　我歇马望日
对月抄经　终于能够放下青春
热血　使命　抚摸生平
与一生媾和　这万物熄灭的水面
像一座空虚的仓库　我两手空空
种下一亩地　兀自绽放

其实　这徒劳无功的一切
就在于我认真对待过自己
认真地虚度　缓慢走过

瓜州古琴

那一刻　剑客身陷漠北　不可自拔
那一刻　蜥蜴踩着一根闪电　掏出了火镰
那一刻　青铜枝下　羔羊找见了乳头

俄顷　胡杨林中　骨头拾起了黄叶
俄顷　一匹哈达进入了长安　梵音不绝
俄顷　多么肥沃的爱　陶醉并且吮吸

身在瓜州

需要一座渡口　在沙漠里
接引芦苇　狼狐　走失的僧侣
与商贾　在汉代　唯有天马
身负想象力　披头散发
站在瓜州　看见黄昏下的归人

需要一间私塾　一根粉笔
画下路径　信仰　游牧的氏族
和风俗　魏晋之际　有关战事
的暗语与机密　贯穿东西
身在瓜州　必须系住帝国的纽扣

需要一纸度牒　铃下落日的
戳记　一卷灿烂的丝绸　并非
像次第的花朵　带着诗词和抒情
大唐来临　如果一只箜篌
路经瓜州　一定有喜悦的战栗

安西以远

豹子打架　鹰叩拜
祁连山像一匹鲸鱼喘息的地方
公鸡散布谣言　羚羊过山岗
旱獭与无赖喝酒的地方　一根锁阳
开花成树　一座旧日的城池
被洗劫的地方　唐僧溺尿
白龙马卸下经书　当年的
马可·波罗发现黑色之火焰*
的地方　那一日　我邂逅了
一位白须长者　请教灵魂的勾当
他说　老夫在此地苟活了800年
竟没有遇见一个鬼　太稀奇

安西以远　一共有两条路
往左通向柴达木　向右则万箭齐发
钉在了　广大而寂寥的天幕

---

* 黑色之火焰，即石油，马可·波罗称之为火油。

敦煌太守

我翻开名册　找见色目　突厥　吐谷浑
和匈奴诸人　我分发锅盔　告知纪律

城门开启　我替帝国守住贸易与秩序
典当行质押了一只狮子　听说来自埃及

玻璃是一种好东西　内外一致　却又
隔着一层太虚幻境　我急递长安　请皇上

签字收悉　偶尔　会邂逅喷火小丑
与杂耍艺人　娱乐大众　博人开心

我一律放行　春天时　弦子和霓裳
开始叩关　尘暴四起　天空失血

这时候必须筑坛作法　央求清明
六月里　西瓜从天边滚来　屁股后面

跟着葡萄　胡萝卜　番瓜和大蒜
我另有一只琵琶　凤头之造型

点灯入夜时　它往往让帘子后面的
家伙　忆起故土与哀伤　欲罢不能

秋天是一只碗　酒水无情　我蘸下
一滴思念　抄录了李太白和《心经》

弧形的边疆　在辽远的地平线一带
有我治下的麦田　水渠　戍卒与人民

白雪之季　我在旷野上勘察足印
有一些归顺　另一些逆袭　而更多的

都是于罡风中喘息的生灵　恩威并施
我纵容过它们　走私入境　因为

每一件生命绝非易事　守着敦煌
守着这一座石窟　我和墙上的般般

诸神　一同老去　天空婆娑不已
我一生与自己面壁　看日落月起

农历歌

焉支山下　牡丹在打滚儿
玫瑰在清唱　垂暮的老马爱上了
天鹅　请求生下一匹天马

断竹　续竹　飞土　逐肉

凉州城上　一只夜光杯
被夏日照亮　文庙里的孔子
踱过了状元桥　躲进后世的阴凉

断竹　续竹　飞土　逐肉

莫高窟内　昨晚上誊抄的
经叶　在秋风中慢慢变凉　唯有
菩萨低眉　眼泪还挂在墙上

断竹　续竹　飞土　逐肉

长城以北　这火辣辣的冬雪
泄露了黑熊的逃遁　我和单于
击壤而歌　慢慢地　收起了弓箭

断竹　续竹　飞土　逐肉

莫高窟

窟子里　早上和佛陀碰面
供养三牲　而后清水泼街　洒扫
内心　去往集市　采买菜蔬与香烟

窟子里　请神仙眷侣们下来
晒晒正午　打个瞌睡　如果凤冠
有恙　霞帔撕裂　顺便拿起了针线

窟子里　给人间点灯　提起
笔墨　记下这一天的流水　有人
生育　有的人寂灭　如此而已

窟子里　与莲花对坐　彼此
心知肚明　这沸腾的世界归于静谧
像一盘棋　始终没有下毕

娑婆世界

说到底　娑婆是一种哽咽
让横渡此生的人　有了一种
黑暗的动力　看见春天输血
一些晴朗的羊群　带着败北
和旨意　站在黎明的高处　做了
勇敢的祭献　于是　娑婆乃是
一张无从追究的单据　谁爱着
谁便在这个苍凉的人间　多了
一份破绽　一腔灰烬
犹如石窟中的法会　神祇
仓皇告假　永不会降临
如果秋天是一场狂欢　那么
娑婆将抽枝发芽　像一棵高树
那般婀娜　让这一条路上
有的人倒下　有的人皈依
而幽暗的马　或者高大的黄金
走入了黑板　从此厌倦了

突然的朗诵与闪电　娑婆的
下午　有充分的理由　去酿好
一碗酸奶　织出一匹颓废的丝绸
去接纳北方　悲痛　泥泞　以及
所有被天空辞退的幸福　顺便
找见一枚钉子　钉住这一生的
骨头　让尘土和白银覆盖
带着危险的美　敛声不语

求法僧传

我磕下的每一个头　都是菩提

明月正在修复　明月千里
明月在路上就仿佛我的母亲
我拾起落叶　字母　慈悲与佛经
我浇花种树　眼含长泪
那么久了　这条路就成了
命运的坛城　我找见了果
而今　却不知道一切的因

鸽子也无辜　鸽子飞过了边疆
让明月做了靠山　我拿起
这一支羽笔　蘸下黑夜
与尽可能多的失败　开始抄经

胡旋舞

必须有一股风　把我拐走
让我无枝可栖　抱住自己的羽毛
下落不明　必须有一阵眩晕
和战栗　一路旋转下去
让我一脚踏空　顺着箜篌与琵琶
身不由己　唐突在黄河以西
必须有一场迷失　与长饮
不为酒　也不是爱情
因为命运是一盘棋局　我乐意
扮演骰子　在弥天的谎言里
继续下去　兵戈是雄性的
杀伐也归男人　我脚上的响铃
不过是一次呻吟　必须
有一幕夜宴　让我踩住针尖
不停旋转　看见君王欢笑
宦官游走　所谓的江山
顶多是一种虚妄的贸易

必须有一匹丝绸　让仙鹤飞翔
春花沉浸　在我轻若鸿毛
口吐鲜血的一刹　抱住我
将我轻轻放在　月亮之下

伊犁河　胡旋女
天山下　胡旋女

鸣沙山

在绿洲　至少保存一粒沙子
像珍藏下秋天的五谷　水　恩情
在沙子还小的时候　用乳名
喂养　让壁画上的仙女们为之施洗

起风了　它们在天空撒野　野兽成群

其实在不远处的庄子里　我和
堂弟们捧起饭碗　眺望黄昏
争相长大　这一刻　谁不会
忍耐　谁的心里就没有拌料与感激

起风了　它们落在碗底　态度鲜明

沙漠之书

我翻到了大段的空白　看见
天空的祭台　恒河沙数　一种
寂灭的齑粉　不曾记载　页码全无

我找见了光辉的败北　犹如
民众或羊群　在这一片荒凉的海面
孤筏重洋　谁都没有一张致命的底牌

一册汉简

1

相信　豹子并不是一个人来的　豹子的
身后　一定有篝火　部落　生殖与诵念

2

荒凉仅仅是一种借口　佛陀和太阳
分手时　其中一人　丢下了自己的外套

并将阴影　投射于大地　和草木

3

教堂是怯懦者的温床　没有人比盐
更懂得春天的分寸　那些爱　那些丝绸

……慢慢地　踱入了暮色　内心轰响

4

仅仅一场雨是不够的　因为月亮老了

5

碰见木乃伊的一天　必须踩住楼兰的
影子　让其疼痛　告白　泪下　并由此
说出一个氏族的踪迹　再请一只公鸡唤醒

6

哦　亲爱的毛驴　你所陈述的一切
关于撒马尔罕　耶路撒冷　埃及　波斯

葡萄和圣人的事迹　都像这午后的天空
与墓地　没有出处　查无实据

7

将一粒珍珠送进沙州的时候　为什么
天下的沙漠　开始蠢蠢欲动　放弃了功课

8

呀　有人在蜥蜴的身上　发现了一颗雄心

9

罗布泊一带　乃是太阳的受难地　唯有胡杨
知道　那一刻的鸽子翅膀上　布满了寒凉

10

闪电是一种修辞　道出了天堂的机密

但更多的鲤鱼　走出了塔里木河
去寻找一块夏天的冰　验证机缘与奇迹

11

在高迥的山顶　一只海螺不请自来
带着空虚　怅然　失败　引颈四顾

这时刻　需要一只嗓子　让银子发声

12

如果天马累了　务请一卷草原　一群羊
前去接引　因为天空嶙峋　还需要

一只火红色的乌鸦　带上火石和镰刀

13

用你的诗歌　把自己逼上绝路吧

随　想

我去沙漠里打水　从石头里
取出壁画　如果天空是一座佛龛
还要取出麦子和碗　用河流
的一日三餐　换取一匹白马
在午夜时分的祷念　我向
甘州下了聘书　让天下的
燕子　扛起蘑菇和枞树　走下
祁连的讲台　即便老鹰还在
试探　一个辽阔的秋天席卷而来
我点燃了乌鸦　在地平线以远
的长安　替这个帝国　钤下
一枚不错的笑脸　我一无所有
行脚至此　必须向豹子买鞋
问喜鹊讨要一顶金冠　其实
谁都知道　凉州的酥油
比日光热烈　而沙州城外的
飞天　在用苏杭的丝绸包裹

我记住了第一阵风　来自
鸽子　此后马不停蹄的悲伤
更多地源于思念　我向青稞要酒
向月亮借一个李白　一个杜甫
假如这条路没有尽头　我愿意
用一首蹩脚的诗　在此打赌

突然　一切都清晰了起来[*]

---

[*] 契诃夫语。

货郎传

我穿州走府　滚落一地　我像一只
仙人球　带着尖锐的激情　我买卖八方
兜售东西　千里路上　一个人晨昏更替

我魔法在身　让银圆流动　一些血腥的
利润　一些资本的转移　仿若城头上的月亮
难免亏盈　我翻遍了人世的账簿　输赢平均

我碰见了埃及的狮子　波斯的净瓶
也邂逅过吐谷浑的塌鼻子公主　以及
撒马尔罕的金顶　却偏偏错过了心仪的你

我揣着一只鸡苗　大唱凤凰的高调
事实上　我只是一枚影子　被太阳磕破了
一角　我里焦外嫩　经不起太多的风尘

我鸡零狗碎　针头线脑　用了一辈子的
唾沫　来解开心里的毒药　如果佛陀刚巧路过
看见我千疮百孔　他一定知道我另有所想

那一年的骆驼队

那一年的骆驼队　走了
就没能返回　敦煌城不大
关门靠近了戈壁　端一碗水
能跑三个来回　就是碰不见
那一位麻脸的钦差　听不到
熟悉的响铃　那一年的骆驼队
鲜衣怒马　带着蚕桑　五谷
茶叶和景德镇　一个个
葵花似的少年人　翻过月亮
与墙城　捎着土匪的首级
走了　就没再返回　那一年的
骆驼队　肩膀上跑马
头顶上飞鹰　据说都是长安城的
子弟兵　那一年之后
数完了全部的指头
如今连皇上的十三道金牌
也充耳不顾　一直不回

真的　那一年的骆驼队
望不见首尾　一头在天山
另一头在阳关　最前面的一位
好像佛陀下界　普度苍生
带来了一场深刻的春水
那一年的骆驼队　像一粒沙
归入了瀚海　走了就不再
返回　眼泪是咸的　心是肉长的
天下爹娘也都是瞎的　唯有
窟子里的诸位菩萨　悄然低眉

月牙泉

在月亮里洗沙　在月亮的深处
牵出一匹马　打开栅栏　看见阳关

之上　刁斗高悬　法号庄严
人世间又开始了一场春风拂面

于是　在月亮里种花　在一池
闪烁的金鱼中　找见那一只

走失的仙鹤　请它秘密地施法
辞退戈壁　拿走砾石和泪水

让长路上的人们　饮下
步步生莲的朝露与晚霞　接着

在月亮里写经　在月亮的身上
伐下一株丹桂　供奉在莫高窟以西

让敦煌的飞天们　遍体馨香
好像生命是一场盛宴　不忍离席

夜　宴

今夜　篝火正旺　飞天麇集
需要把羊群赶下月亮　走上支架
慢慢烧烤　需要一本世俗的《圣经》
撒上孜然　香果　哲学和盐　顺便
把世界请在一侧　与沙漠共饮

今夜　泉水滚烫　宜于沐浴　沙州城下
走来了一位龟兹王子　他滴血的爱情
哽咽无语　而一册吐火罗的文书
被神秘破译　谁发现了这个秋天的机心
谁将走上舞台　诉说狮子的生平

今夜　请佛陀打酒　让全天下的
菩萨酩酊一场　如果天空仍不够热烈
就把灯点进石窟　让印度的大象
和波斯的斑鸠　一起颂唱　即便
彗星陨落　长安城里的皇帝突然暴毙

玉门关

如果玉石是一种暗语　如果
这个国家的君子们衣袂飘然　玉带
当风　那么我请求进入　一试究竟

如果这一座关门　尚在游移
天山以远的大小王子们灯红酒绿
我将打开客栈　开始弘法宣谕

如果天空有了破绽　比如律令
和典籍出现了紊乱　我将舍命而去
带着仙鹤这一张古琴　一路向西

如果骆驼吃沙　天马捎来了
兵戈的止息　在一个晴朗的午后
我蘸下菩萨的泪水　报送和平

起风了

起风了　一条路站在天空

石窟和菩萨　鹰部落　豹家族
连同漠北的马车　统统
站在了天空　这还不够
因为一个来自江南的司库　打开了
一匹辽阔的丝绸　让诗词
管弦　围棋　歌姬与艳舞
突然间身轻如燕
腋下生风　纷纷躲进了
天空的深处　寻求庇护

起风了　唯有一枚斑驳的汉简
沿着流沙的指引　隐忍　苍茫
像一颗汉字那样　埋首不语

当年的天马

当年的天马　在天空吃草
在月亮上饮水　脊背上埋着
经书与佛窟　像一个避世者
带着火种　不肯示人　当年的
天马　没有羽翅　也没有
羁绊　仿佛黄昏是一张琴
而黎明不过是一个哑子　需要
仙鹤保密　让壁上的飞天们
负心离去　当年的天马
驶离了凉州　在甘州说法
又在肃州燃灯　让天下的
僧侣们衣钵传习　以此觉悟
生命不过是一场短促的宴饮
当年的天马　劈柴　耕地
谨守四序　像一位苍老的祖父
知道分寸　而从不逾矩
在早期的公社　有一场唐突的

婚礼　继而开始了家族的繁息
在渥洼池边　当年的天马
邂逅了一亩芦苇　他沐浴一新
放生了金鱼　桃之夭夭的
天气里　有一朵云　下凡为人
于是此生　和我结为了兄弟

天　边

天边下了一场雪　天边的早上
佛和弟子们留下了足印　去向不明

天边的一堆篝火　从汉代伊始
一直在炼丹与冥思　却不入《史记》

天边的集市上　有一块波斯的
玻璃　有价无市　里外透明

天边有一种蕹草　祛除瘴气
从《三国志》蔓延到郊外　流布至今

天边的鸦群　像一本供词　从突厥
至龟兹　从吐蕃到吐谷浑　需要翻译

天边　一块铁正在锻造　它火红的
闪烁和缄默　像一种饥饿的表态

天边的花名册里　一些隶书　一些
汉简与文牍　按下心跳　躲进了石窟

天边以远　秋千架上　春天在瞭望
而大地抱着一只鹰　在慢慢变凉

公主传

你纯洁的体香　并非来自
这深夜的宴饮　歌姬　狂乱与迷离
东山顶上　一轮和平的月亮
像打翻的胭脂　照见一些泪水
一些丝绸的亵衣　心思不明

其实　汉家宫阙　仅仅是
一种说辞　当长安磨刀　地图上
的烽燧开始冒烟　那个白痴的
父皇拿起了弹弓　这时刻你已然
揽镜自照　被命运搡出了宫墙

漠北　或者帕米尔以西　总有
一群燕子　像和亲的侍女
无非是一座祭台　无非一具
鲜活的肉体　与帝国相互成全
你坐在这伤逝的雪山　望眼欲穿

亦有生育　哺乳　抚养和惊魂
未定的爱情　但迟暮的秋天　依旧
带着一把草镰　按时收割　打包
预备下过冬的饲料　当你交出自己
南下的大雁　也捎不回一封讣告

一个人的一生　究竟走出
多远　才能知道内心的疲惫
往往在三月　也可能是更远的七月
当孩子们吮着酥油　站在无限的
草原　你像一朵云　看见了下界

戍卒们

我们用方言　谈议朝廷和京师
用一根羊骨　测度着归期　以及
中原一带的旱情　烽燧下
一群老虎带着谜语　更远的
沼泽里　布满了史前的遗迹
和鳄鱼　我们守着一堆狼粪
一粒火种　如果楼兰的箭矢
叩响了关门　那么青海一侧　一定
大雨如注　金甲遍地　我们用
芦苇作笛　将天空吹破　用一支
凛冽的羽毛　写下边疆的俚语
灯是一种安慰　在晴朗的午后
它或许是喜鹊　也可能是一只旧鞋
让我们找见从前　不至于南辕
迷失于北辙　我们摘采了眼泪
和云朵　让它发酵　变成液体的
酸楚　一醉方休　继而梦见

大好的江山　不过是一盘残局
站在了楚河汉界　嘘　秋天最难将息
大雁南下　弧形的天际　出现了
隐约的锈迹　这一刻　谁还在怀疑
谁将在风中　化作一捧热烈的灰烬

问　道

走了这么久　天空也开始发旧

我吹掉灰尘　打开这一本
毛边书　我逐字逐句
去寻找一点晴朗　一些游移的湖
和那些悄然隐匿的民族
我像一只海螺　被抛在岸上
内心的轰鸣　让整个北方
风吹草低　一片荒凉

天空也已经生锈　我还在路上

其实　对命运我早就
会心一笑　我在祁连点灯
安葬下雪豹的尸骸　疏勒河上游

和一群老鹰歃血为盟

秋天时　我要卷起一亩青稞

一册经书　而后的日子里

马不停蹄的悲哀　才不会把我冻伤

秦时明月汉时关

我押下一枚赌注　比如今夜
广大的月亮　照着羊群　山岗和凤凰
天下没有私事　万物已然充公

我守着一道城门　谁用火热的
青春闯关　我都会网开一面
就像佛陀　也曾经是莽撞的少年

我捧着一只沙漏　在时间的温床上
饲养一切可能的黄昏　春天泛滥
那些打开的花朵　犹如自然的语录

今夜　我穿越历代　好像一块银锭
被月光照亮　我写下悄然的隐忍
而后带着鹰隼　投入悲痛的北方

夜光杯记

夜里有一盏杯子　说明
河西一带　法会未毕　郊狼
还在游走　一些晴朗的心情
将由小吏在经簿上录入　夜里的
杯子　像一课美育　曾经的冥思
与散步　如今点灯进窟　照亮了
佛教的神话　以及藻井之中
下嫁的仙女　夜里的杯子
这微弱的发光　犹如一座帐篷
忘却了寒凉　用这一世的雪花
浣洗着将来的供养　暮色隐匿
天空中所有的鸣唱　一定
会有哑巴代替　听吧　月亮来了
夜里的杯子　邂逅了婆娑的
烂银　谁也猜不透　一枚
葡萄的化身　究竟是秋天的
响马　抑或是枝头的偈语

从军行

能看见早上的天光　真是好事
因为篝火熄灭　乌鸦消失　我能
找见晚上的鞋子　它像一双儿女

能照见正午的日头　还是好事
吐谷浑不再　楼兰遁匿　而大地上的
野草　仿佛遥远的娘亲　不离不弃

能望见西山顶上的月亮　也是好事
越过烽燧　城垛　我打来一桶清水
洗完了征衣　又用伤口写下一封家信

中　途

去问问葵花　关于太阳的下落吧

我们翻过了长城　看见暮色
已深　洛阳的灯台上　坐着一群
明亮的神祇　没有人知道
当初的离开　或现在的还乡
有什么不同　但我们的行囊中
已经带来了印度　以及一棵
菩提树下　所有圣人的觉悟

告别时　群山如象　一些蓑羽鹤
携带秋天　站在了恒河两岸
施洗羽毛　其实生命就是一次行脚
像那时候的长安　弦索奏唱
夜宴正酣　空虚的皇帝亟待一纸

心灵的药方　在这修远的路上
谁默然前行　谁就率先拈花一笑

去问问太阳　那些葵花的消息吧

苏干湖

喏　这暴力平息的水面　像史前的
湖泊　颧骨凸出　神经焦灼
拱卫着柴达木盆地中　最后
一滴石油　让斑驳的火焰
挂在了忽必烈的弯刀　这原始的
荒凉　如同早期的一碗酸奶
曾经啜饮　在南下的秋风中
张开翅膀　把意志与疯狂　写在了
一块黎明的羊皮之上　是的
没有人大胆吟诵　就像一只岩羊
跑上了篝火的支架　在最远的
地平线上　唯有一亩青稞
一场寂灭的法事　创造了字母
这一块祁连山的伤口　把玻璃
打碎在天空　让分崩离析的鸦群
发现了时间的丑陋　突然慌乱
突然觉悟　当绿洲开始闪烁

一匹嘹亮的幼马　突破了预设的
角色　这野蛮而平静的水面
将有一册诋毁之书　慢慢诉说

沙漠汹涌

一定有一双手　数着
这些沙粒　让海水退却
万马齐喑　所有的鸽子
都抢滩登岸　扑向了天空
这一棵巨树　一定有一本
秘密的咒语　让鲸鱼驶离
珊瑚失色　这海底的风暴
止息于一声叹息　于是
沟壑横陈　内心狰狞
一定是一次奴隶的起义
徒手的人们　犹如澎湃的
羊群　挤进了空旷的广场
呐喊　蹦跳　振臂高呼
带着嗜血的勇气　一定是一场
暴力的刹车　凌乱的现场
留下时间的辙印　让鲜花
和春天无从说起　却又

带着一番泥泞的心情
一定是广阔的忧伤　像巨大的
夜晚　降临了这一场
和平的宴饮　豹子啜泣
孔雀凄厉　一盏生命的酒杯中
注入了秋天的气息　一定有人
站在这瀚海的中心　不弃
不离　依旧笃信爱情是一件
闪光的银器　纵使大海干涸
天空圻裂　仍然有一枚发红的
苹果　像原始的微笑　掉在了
亚当以及夏娃的怀里

在路上　这惊涛汹涌的沙漠
其实是上帝的脸　慢慢步入了
暮年　不能提问　也不再诉说

公子传

公子来自东土　公子属虎　面颊上钤着
一枚汉字　据说流放至此　不得回头

像一捧雪　公子白衣飘飘　长笛在手
公子餐素　过午不食　曾放生了一只

凤凰　并给乞丐说法　让他们天眼大开
知道此生难度　公子只身　一无眷侣

二无仆从　时常给皇帝写信　也在月下
翻墙　对着广阔的夜空　摇头晃脑

公子笑不露齿　远屠夫　近塾师　怀里
揣着一本儒典　在黄昏的广场上一步三咏

不能自已　公子古怪　喜欢在正午点灯
寻找天下的光明　却在乌鸦赐降的那一刻

研究社稷与大势　公子性冷　不群　不党
偏偏与梅花结伴　在腊月里澡雪　于清明

之季登临山顶　一个人望气　公子是人
亦是一支失败的毛笔　影子一般　掠过

沙州与肃州　在咳嗽里见血　在脊背上
分泌着落寞　最后的终局　往往口说无凭

一说　公子进入了石窟　对着壁画剃度
另说他遇见了一只波斯的钟表　被时间没收

天　下

彼时　公鸡起舞　社祭进行
新一季的青韭　仿佛殿试已毕
天子的门生们踱出了考场
或者弹冠　或者隐入孙山之林

彼时的考题　在询问西域
诸如二十七国的游移　诸如
匈奴闪击　突厥抱怨
一朵嘹亮的乌云　挂在天际

彼时　尚有天下　书生们
先是望气　而后整理骨骼与雄心
在地平线的尽头　有一匹
豹子在纵火　月光也因此狰狞

彼时的长安　黑白二子
一枚是亡　一枚叫兴

假如有人路过了菜市场　会看见
孔雀妖娆　花蛇闻笛

彼时　这一条长路落日如墨
没有手册　也没有可资借鉴的
经历　暗夜疾行　而黎明
亦不过是一卷血红色的羊皮

彼时的天空　庄重如佛
当凉州打开了一隅　甘州和肃州
梵音四起　当敦煌的仙女走下了
壁画　这一切将成为凿空之旅

履 历

荒凉是什么　我不知道
我离开莫高窟的那天　有人从壁画上
捡到了一只羔羊　像我小时候那样

苍茫是什么　我也不知道
但我看见秋天这个人　坐在烽燧上
骨瘦如柴　喂养着南下的雁群

地火是什么　我还不知道
当枯草惊醒　北方的马蹄杂沓而来
一个少年弯弓射狼　自称霍去病

疼痛是什么　我更不知道
我守在天的尽头　当太阳从夕光里
归来　这一天已经酿成了好酒

游牧时间

那些水　足够用来捆扎一个旱季
让戈壁开花　让公羊觉醒　突然
黄袍加身　成为领袖或匪首　从龟兹
到突厥　一些蜿蜒的颂唱　于是归顺
将把芦荻和鱼送上前台　沐浴一新

水　在更远的地方　水开始透明

那些水　犹如圣地和祭台　用来
浣洗一个氏族的法器　逐草而居的
日子　羊圈里没有哲学　甚至
也没有可资记录的微小奇迹　当天马
埋头啜饮　它依旧充满了警惕

水　在更远的地方　水布满了杀机

那些水　其实坚硬如石　让一只手

凿下黯淡的纹理　游牧的日子里
鞍子上没有白银　广阔的月光
像一场布礼　自长安起步　慢慢东移
进入了峡谷与匈奴　更声迭起

水　在更远的地方　水是一则命运

玉石传说

玉石在路上　并不等于鸽子
找见了从前的方向　当碗金和银锭
分列两厢　公鸡和庶民们
一般会掸净灰尘　看见月亮

看见月亮时　玉石摘下了衫子
挂在沙枣树上　沙州城内
太守在点灯　菩萨忙洒扫
一组发往朝廷的急报　钻进了锦囊

孔雀的屏风下　皇帝高烧
宦官擅权　好几年大旱　据说
龙门一带也没有鲤鱼在跳高
所谓西域的消息　不过是一段巷议

那一年　玉石老了　一缕
杰出的轻烟　袅娜而去　让来自
长安的小吏　捉笔写下　君子高洁
殁于等待　像天下所有的爱情

碰见秋天

需要在天空砌一叶瓦　放行了
乌鸦　鹰隼　孔雀和凤凰　然后
用一滴墨　一行火热的败笔
写下狼烟　以及北方以远的战栗

那一刻　将有一些晦暗的变异
比如　印度的杂耍　波斯的小丑
不期而至　又比如　一头大蒜
一块闪光的玻璃　迎风逆行

往往在这个季节　凉州城内
有一支横笛　少年的鸠摩罗什
刚刚破译了佛经　没有人知道
一缕烟尘　将带来怎样的轻信

是的　秋天只能是一场虚惊
去祁连取水　在天山的黑板上
擦掉潦草的内心　有的人获罪
有的远离　不过是点头而已

一块铁

多少年了　一块铁被搬运　进入河西

诚实的铁　带着优雅的厌倦　内心的
淬火　被我们搬运　有的化身为犁
与春天混为一谈　种下苜蓿　马匹
城池和锅灶　像河流一样悲悯
那些清贫的好日子　慢慢斑驳　忘了
削瘦和挑剔　让戈壁和羊群患难为命

多少年了　那块铁被搬运　走上山巅

它有着冷的气息　让疼痛穿过　带来
一种逼真的战栗　让我们歃血　换帖
或者各为其主　离析　分崩　变为死敌
晴朗的时代　如此快意　仿佛每一个人
的精囊投射于大地　在辽远的边疆
在《史记》　唯有落日才会埋下那件征衣

多少年了　这块铁被搬运　砌进天空

于是它成为最后的鼎　太阳的狮子
守住泥泞　秋日　美和寒凉　每一阵
风过　都像是犀利的宽恕　来自
上帝　让整个地平线一带敛声不语
如同圣经般的旷野　安顿下一颗
汉字　一卷百家姓　一个月亮和李白

丝路笔记

在辽阔的尽头　找见大麦　小麦
和玉米　告诉它们说　赶快　秋天来矣

在沙漠北翼　拦下石羊河　青土湖
和一群斑斓的金鱼　让它们掉头往西

凉州城外　突然邂逅了鸠摩罗什
发现他粉红色的舌头　将成为一枚舍利

玉门关下　人烟稠密　我走出客栈时
一个印度　一个埃及　几乎和我打头碰鼻

半夜里　渥洼池畔　一匹晴朗的白马
刚刚洗浴　月亮像它的另外一个兄弟

天亮时　我把羊群赶下了云朵　让它们
在日光下翻晒经书　嘴里背诵神圣的嘛呢

又及　我还带着鹰隼　狐狼和豹子
深入祁连　访贫问苦　收缴了全部的暗器

再及　那一亩猩红色的罂粟　开在
永昌城里　和高鼻深目的罗马人一般神秘

九月初八那天　我在莫高窟下　望见
佛陀捧着一筐子菊花　走进了墙上的壁画

我匍匐于途　像一盏空荒的杯子　其实
一滴秋天的眼泪　我就会破碎　是为补记

植物传

比基督出世还早　比那一块
亚麻布的尸衣也早　当虔诚不再
黑暗在大地上纵火
黯淡的天空　出现了崩溃
一本晴朗的《圣经》
开始滴血　于是需要将根
一再地　布向秘密的远方

哦　这些耶路撒冷的使者
避世　隐修　找见了流亡的羽毛

事实上　葡萄是一则寓言
它疼痛的眼神　以及
滚落一地的心跳　需要一卷
湿润的丝绸秘密裹覆
而无花果是一种命运
带着虚妄的吐露　走下

信仰的祭台　必须
用一捧热烈的天山之雪
前去接引　当流沙带着鲸鱼
驶过了大路两岸的人民
那些汉简　那些大唐和魏晋
像一棵疯狂的石榴树
迎风逆行　结满了传奇

三圣人　三骑士　三盏灯
于是万物生长　引舟如叶
站在了　这一片西北偏西

过天山

一匹马　站在天山顶上
饮冰　吃草　披发修行
译介佛经　一匹白马
探出了身子　在湖水里问鱼
与雪线以上　比试耐心
并打出了历史性的响鼻
一匹红马　始终面壁
因为人世上的一些遭际
一些感情　欲说还羞
让这个匿名的僧侣　扪心自问
找不见结尾　一匹灰马
走进了课堂　在白色的
黑板上　写下了豹子
和一只羚羊结拜的奇迹
一匹黑马　闭关已毕
刚从洞穴里走出　它捧着
一块炭　向太阳取火

向整个南疆　借了一碗
穆塞莱斯美酒　一匹天马
面红耳赤　敛下了翅膀
兀自坐在这恩情的大地上
它有四个好兄弟　春夏秋冬
拾级而上　破门闯进了
这一座大雪纷飞的聚义堂

事实上　天山如马　在辽阔的
牧场　我生于1966　属马

河西走廊座右铭

不是沙暴　是居延海的鲸鱼　带着广阔的屋宇
不是岁月和速度　是祁连山的思想　庄重如佛
不是凤凰　当生命来到中途　天马改写了道路

第二辑

出长安记

那一天，阴，间或微雨，
天空实沉，像一堆生铁的
秤砣，摇摇欲坠。
贫僧不才，借一辆泔水车
踅出了宫门，
净身离去。那一天，
我留下了锁钥、户籍、灵牌
以及半生积攒的书卷，
身轻如燕，不免
暗喜。长安城内
清水泼街，门面一新，
一些彩色的灯笼，攀缘
上下，犹若盛唐的钢管舞女。
那一天，典当铺里
犹在质押灵魂，
价廉伤人，一些无辜的
愿景，无处皈依。

拐过街角,国营书店的
黑板上有一条告示:
"皇帝的最新语录
不日到货,欲购从急。"
那一天,王大人胡同的
污水管破裂,
一些私藏的字画、绸缎
和名刺曝于天光之下。
在农民银行门前,两匹
驴子鼻息沸腾,
口衔鲜花,
充满了爱恋;一盏烟的工夫,
一场公开的交媾,
传来了利好之消息。那一天
芹菜还是芹菜,
糜子仍是糜子,但一筐
新鲜荔枝的出现,
让三位快递小哥,
口吐白沫,当即毙命。
路经禅寺,箍桶匠
在修补木鱼,
铁匠却拔掉了山门上

的一丛明钉；而肥硕的
方丈闭目入定，
正在给波斯的一位
太太，疗治血压和月经。
朱雀大街一带，
鼻涕娃娃们点燃了炮仗，
无照经营的李麻子，也适时
踩开了爆米花机，
冲天一怒，
混淆风气。那一天，
泡馍店里发生了斗殴，
谁也闹不清一堆碗里
可疑的肉块，
究竟来自天鹅、地鼠、乌鸦，
还是亲爱的羊群。
沿着一只蟾蜍的引领，
叩响门环，我找见了
海关总局的李靖
和红拂女，接下来的事情
便易如反掌，类似
他们眼中生动的私情。
那一天，风筝祥瑞，

带着蜈蚣、蜻蜓、风车
和"吾皇万岁"的标语,
占据了头顶。午时过后,
鼓号嘹亮,弦索高奏,
一场庄严的欢送大会
群贤毕至,少长咸集,
拉开了序幕。那一天,
贞观三年,农历四月,
我闪身出走,
奔往西天。一抬头,
看见无限的云朵,仿佛
一卷广大而忧伤的佛经。

抱歉!那一天,我的
另一个我,我的幻影,我的
口舌,还在主席台上宣誓决心。

在高昌国问水

在此，我鞠躬致敬，
向这个干旱的国家，
借一个水囊，
一只瓢。
我要洗净白马，以及
来路上的全部荒凉，
并且让怀里的经书，
保持秘密的湿润
和光芒。

太阳若雪崩，照着
城堡、流沙，
众生和鸣禽。
我匍匐于天空这一面
干净的佛龛下，
开始问水——

哦,在悲伤的边疆,一定
有一匹隐忍的鲸鱼,
一座泪水的仓库。那时,
足够我们捡起一路上
的苦厄与怆然,
放下今生今世;
慢慢地,彼此冰释,
开始对饮。

哦，龟兹

姑娘不是妈妈生的，
好像桃树顶上结的。

哦，姑娘不是妈妈生的，
最好是遍地的野花开出来的。

那么多的歌舞，
那么白的腰肢和肚皮。

苏巴什寺不是泥土砌的，
可能是地里长出来的。

哦，苏巴什寺不是砖头砌的，
一定是天上的佛陀降赐的。

那么多的僧侣。
那么嘹亮的法会和唱经。

帝国的边界

这里的落日,像一眼佛窟,
照着水草、游牧、谣唱和弯刀。

这里的城堞,埋着一只法螺,
需要足够的悲伤、隐忍与偈语去诠释。

这里有焰火,当香音神下凡,赠予了
锄头、连枷和草籽,一切将大为改观。

有时候,山下的八百里急递,并不
说明太子有恙,而仅仅为了新鲜的樱桃。

这里的月光,宜于诵经,因为
黑暗落潮,众山仿佛一群缄默的罗汉。

这里的集市,一般在午夜时开张,
有的兜售亡灵,大多数却谈议妓女的诚实。

这里秋风正紧,十二只天鹅分头
而散,去传布第一场暴风雪的坏消息。

有时候,我在窗下抄经,身后
是天竺,眼前却是此生中最坚硬的大气。

有僧路过阿富汗

有僧西去,一叶经,
一盏灯,
一捆草鞋和僧衣。
有僧西去,口诵佛号,
像一枚怒放的石榴,
内心独运。

那时候的阿富汗,
露水饱满,
牛羊遍地。
那时候的阿富汗晨钟暮鼓,
香火袭人。如果
天空是一座佛龛,
那么,通往天竺的路上,
便有月亮和狮子,
双手合十,
洒扫一新。

路经此地，有僧濡墨，
援管，扪心抄经。——那一年，
我和悲伤一起，
从夕光中打马还家，
看见群山肃立，
众佛有礼。

波斯一瞥

波斯的天空上，坐着
一只鹰，
春天吐蕊，
夏日芳菲。
天空中的那一只鹰，
并非国王，
而是法典和僧侣。

没有人听说过洪水，犹如
纸莎草的经文里，
不包括阴影。傍晚时，
有人在河水里打捞
金鱼
和内心。
假如隐忍是一种品质，那么
菩提树上的僧衣，
也就不足为奇。

今夜，露宿于月亮之下，
漱口净心，
让人世间一览无余。

今夜，一定要原谅蝴蝶
和亡灵，因为太多的生命
一直隐而不语。

无花果树

一切皆空,
照见五蕴如是,度尽苦厄。

然而,仍有秘密的花朵,
开在内部,
像荒凉的枝条,支撑起
一角寂灭的天空。
仍有不久之前的缘起,
萌芽,破土,
徘徊,长饮,
抽心怒放,
一再泌出了信仰的泪水。

秋天了,那么多的糖包子
挂在树上;
那么多的汁液,迎风
肃立,仿佛

在回答一生中的诘问。

且摘一枚,送往东土大唐,
蜜与流奶,
供养广大的人民。

冰山上的来客

用一只火镰
靠近冰山,却发现
羊群聚集,
在孵化一枚鹰卵。
在山腰的密室,
豹子出入,
披风戴雪;
因为一朵忧伤的
莲花,濒于难产。
蜻蜓来自夏季,
它脆弱的翅膀,恰好
可以丈量一个人
朝觐和皈依
的距离。天竺尚远,
有关恒河一带的平原,
鳄鱼横行,
彗星陨落;与这里的

冰封形成了反面。
山顶的湖泊忧伤如故，
野花成草，像寺里的
那一只净瓶，
熏香缭绕，
沐浴更衣；
一些游移的黑鱼，
来自经文，或者
人间的泪水，
从不曾凉却，诉说着
天庭以上的机密。
——如果仔细，便发现
此刻我站在了
须弥山的中央，依偎
在了如来的手心。

看见石油

这黑油的火。
这膻腥而败坏的火。
这地下的火,泛滥的火,
带着诅咒、阎王和暴力的火。
这沙漠尽头的火。
这干旱又贫瘠的火。
这榨干了石头,从黑暗里
飞溅而出的火。
这妖精麇集的火。
这寒凉的火。
这部落里不肯点灯,也不去
烧烤黄羊的火。
这阴历的火。
这《洛阳伽蓝记》中的火。
这九桶子的火,三马车的火,
靴子上跳跃的火。
这闪电击中的火。

这稠密的液体的火。
这黑脸巨人嘴里喷射的
灰飞的火,烟灭的火。
这西天一带的火。
这众神逃离的火。
像一条河流,将我和
兴都库什山,分隔两岸。

坐在火畔,我拈指一笑。
一切,如梦幻泡影,
如露亦如电。

心　经

每一步，我都繁华落尽，
走进秋天的肃穆。

每一步，我扶起了倾斜的笔画，
坍塌的字母，筑桥结筏。

每一步，从色到空，
从空到色，我看尽了虚无。

每一步生死的路上，
我学会了微笑，却从不说出。

葱岭之上

和驴子一起，
驰越山岭，就好像
跟一群伙伴
歃血为盟，泄露
天机。和一盏灯
转过山隘，
仿佛与一个哑巴
坐在长安，
看破此生的红尘。
和一双芒鞋，
一把伞，走下
坡顶，那些曾经的
悲伤与漏洞，
也将秘密地
修复和痊愈。和一颗
流星，一根竹杖，
打问时间的流向，

却意外地获取了
豹子、蘑菇、佛陀
与顿悟的消息。
和一皮囊水，九卷
经书，一块干粮，
看见了苍茫的印度，
理所当然，就等于
找见了前世的
自己。和雨季一起，
穿过热带与贫瘠
的墟烟，喊来几个菩萨，
一朵莲花，请求
一场庄严的说法，与沐浴。

恒河一带

葵花不说，因为太阳已经
指定了穷人、经卷和抒情的银行，
驻留在这宽阔的两岸。

蓑羽鹤不说，当气流驰入了
信仰的南坡，便有僧衣与芒鞋，
拦住了惊马和流血的平原。

灯也不说，带着镰刀与宫殿，
在饥饿的旱季，在水中，
找见盐和一丛悲伤的火焰。

佛陀不说，他优美的手印，
类似于一本奥义，谁翻开了
典籍，谁就抱住了灰烬。

佛教遗址

什么惊变,打碎了那一只净瓶?

我试着从灰烬中,
找见半炷香,
却打不着火镰。我从
壁画上取下
一只碗,茶叶不在,
但泪水难凉。
我拾起一块门板,挡住
瓦罕走廊吹袭的
瘟疫和暴雪,但鹰群
落下,扣住了那一片
悲哀的山峦。我知道,
秋天尚远,有关青春
和热血的故事,不曾驶离,
比如倾圮的颓墙,
比如仙人掌、星宿

和午夜的祈祷,依然
恳切而漫长。
月亮和我,站在
此刻的人间,相互搀扶,
走下了这一座
荒凉的祭场。

弯腰,我捡拾起一枚舍利,
吹落灰尘,看见
它照亮了西天以远,包括
一次杀伐
与牺牲。

沙河记

在沙河,可以遇见鬼——

鬼
孤身前来,
带着一种试探,
行礼如仪,向我请教
以下的词汇:卑劣,龌龊,
黑暗,诅咒,无力,
以及干旱的旷野上
那一场无名的
飓风。抱歉,我不能作答,
因为我只是一介
赶脚的僧侣,
至今也不曾
度化
自己。

但是，我攥住了鬼，
将这一块漆黑的
墨锭，慢慢
研磨成水。我蘸笔，
写下了黎明前，
最初一页，
光明的文字。

那一刻，我终于大病初愈。

辨　识

白马身上的，不会是人，
乃一筐子佛经。

大象驮起的，不是佛陀，
更像一个穷人。

寺庙顶上的，不是月光，
其实是一阵甘霖。

须弥山下的，不是河水，
有可能是今生。

迎头面见的，不会是你，
绝对是我的天命。

天竺之行

平原以西,那骑在一匹
白象上的是谁?
干旱已深,雨季
像一封作废的书信,
那在泥泞的滩涂上打滚的
鲸鱼是谁?五月之后,
集市开始密集,
一只蛇闻笛跃起,口吐
抱怨,那抱着鲜花
的尊者却是谁?
往往在这个时候,
悲伤价廉,一些清贫的
生计可以被忽略。
但是,一只不忍别弃
的白鹤,弯下了头颈,
浣洗蓑衣,
晾晒经书,绝不

说出天空的机密。
那一刻，风像一片灰尘，
浆果落地，
寻找着自己的根茎，而
湍急的星群上，三匹
火红的狮子，
正在浇灌着菩提。
是谁？在崎岖的人世，
在崖壁，在纸莎草上，
留下了自己的肖像，
接着焚毁？谁又用一盏灯
代替膏药，
穿州走府，摸进了
这一座鸽子颂唱的
广大废墟？

娑罗双树

我到来的时候，这棵树
已然枯悴。
井边的人民，
也干旱良久，双目
迷离。平原上
的鸦群像一册册经书，
黄昏里打开，却又在
黎明前合上，
只字不语。

唯有佛陀尚小，
一派天真，
风中捉蚂蚱，树上
粘知了。
落叶纷乱，犹如
遍地的金刚，
庇护着胎衣和预言。

他晴朗的诞生，
仿佛轮回，再一次
站在了今天。

而母亲守在窗口——

像一块白色的
黑板，
纤尘不染。

在菩提树下削发

这一生的话,也不过是
乱语三千。
这一场黯淡的
书写,其实是内心的
灯盏忽明忽灭。
这一世的烦恼与嗔妄,
等于一册凌乱的
经书,
需要重新装订。

那时,我在菩提树下,落木萧萧——

那时的抽心一烂,
只为了替整个春天,
剔除心病。

札 记

鹰和豹子是我的兄弟，蝴蝶
是姐妹；
倘若这一条大河
仍旧生动如许，那么
一尊神祇的诞生与沐浴，
便是施洗。

一千年间，我坐在水边——

那时的长安，
弦索不断，沽酒买醉；
那一个少年的我，
白衣妩媚。
当天空打开，我看见
如水的天命
鲜花怒放，而信仰的金鱼
远在西域。

这一生，我走在路上，
像一只仓皇的乐器，
时而卑微，时而啜泣；
但内心的轰鸣，
仿如颂唱，
从不停息。

菩提伽耶

卖金盏花的女孩儿
走过树下，
看见得道的人，依旧
沉浸。狗是一名信使，
蝴蝶乃幻影，
至于日光下芳香扑鼻的
肉身，则是
另外一个问题。
卖金盏花的女孩儿
不是别人，像我的妹妹，
但更可能是菩萨。

我与她在前世走散，
今生碰面——
如果雨季持续，我还会
认出她手里的
花朵，其实

是一粒爱情的舍利。

在菩提伽耶，我趺坐
并且微笑，
却不曾开口，说出这个
坎坷的秘密。

刹那间

黑夜是永生的,即便
月亮
开成了一朵白莲花。

在最漆黑的山顶,
提灯西行,
突然邂逅了一只
抖擞的公鸡。
它一介布衣。
它独立。
它啄食着世上的
梦魇与疾病。
它顾盼自雄,
正在练声。

那一刻,我打开经书,
却看见一行偈语,
黎明初起。

蓝毗尼的偈语

我揭去一片阴影,点种,浇水,培土。
我看见世上的菩萨们长势优良,筋骨茂密。
我爱着这一丛药草,包括月亮和蝼蚁。

哭　泣

来一场柔软的哭泣，多么不易。

我抱住自己，不让
天空看见，
即便凤凰拾走了我的
僧衣。我藏下的
那一盏灯，
油尽心枯，但眼泪
一定会让它燃起。
绝不！我不会告诉
迎面而来的鸦群、虎豹、
罡风与雪雨，
包括每一个人微笑的
示意。我和这沉疴已久的
大地跌落一起；
一次秘密的疗治，可能
就来自广阔的哭泣。

有一次爱戴的哭泣,多么珍贵。

我代替月亮,站在
这繁星湍急
的头顶。我晾晒下
白马、佛龛、
经匣与偈语,
以及一条修远路上的
仓皇和败北。
是的,我还要吹响
一只凌乱的巨鹰,
揭开云朵,请它下凡,
去把普天下的鲜花
一一扶起。
我斟下一杯眼泪,突然
失手破碎,看见菩萨捡起了
人世间的全部荆棘。

路过碎叶

阿姐,你是这谦卑的城中
唯一怒放的玫瑰。

我用一卷经,
请教碎叶,比如
这无明的长夜中,
谁是启示的灯具?我用
一瓢水,请教天空,
比如这生死的大海上,
谁是灵魂的舟楫?
我领着凤凰
和鲲鹏,
走向金刚法座,
求问这遍地的佛影,谁将
泄露天堂的机密?
又是谁,打马走过一生,
背负了诗歌的厄运?

阿姐，今夜明月高挂，
巨鹰盘踞，
我不要你回答——

如果可能，我请求你
带着儿子归来。那时，
我和少年李白，
一见如故，对饮成泥。

旷原上

水,才是最逼真的问题。

上无飞鸟,
下无走兽,
当全世界的砾石
在此麇集;当经卷干渴,
天空像一卷寂灭的
羊皮;当高昌、龟兹、葱岭
和撒马尔罕一带,
出现了流火
与剪径;当太阳塌陷,
月亮和老鹰生死不明
之际;当芒鞋找不见方向,
一只火镰
难以靠近天竺
与波斯;
当大唐已远,那里的庶民

和皇帝黎明即起,
翘首引颈;当我身陷
广大西域,
匍匐于途时——
水开始退居其次,并不
构成问题。

逼真的是:佛影一闪即逝,
犹如昙花,
或者一枚
朝露,不可寻觅。

过　河

这不是一次意外。

50本经书，以及
天竺和波斯的
奇花异果，
跌落水中。那一刻，
我在苍茫的人世上，
渐次枯萎。
我点灯，照亮天空
这一面佛龛，
开始了婴儿一样
认真的哭泣。

事实上，只是一次
尖锐的试探。
当道路漫长，秋天席卷，
一场喑哑的悲哀，

让我引舟如叶，
再次
过河。

《大唐西域记》

就此，我开始给皇帝
写一本书，陈述地平线上的
焰火，西域的开支，
以及游牧的氏族。
开始了，我必须给
帝国写一本书，渲染
梵音流布，万邦
来朝；仿佛一只巨鹰
扣住了地球，没有危卵
与猜忌，唯有鲜花传袭。
就这样，我开始给
修远的道路，给一册
崎岖的山河
写一本书；诉说一个人的
跌仆与泪水，其实
是秘密的叩首和供养，

有待时间的鉴定。所以,
我开始给一双芒鞋,一盏灯,
一匹晴朗的白马,
写下一本感恩之书;只有
它们知晓我光辉的败北,
包括一些暗夜的哭泣,并且
扶起我,掸落悲哀,
一路向西。因此,
我开始给坡下的
天竺,给恒河上的鱼群,
包括猴子与浆果,
缘起和明灭,写下一本
热带之书;请求这弯曲的
天空,埋下一个人
青春的骨灰,等待春风
和下一世的破土。
终于,我开始为佛陀,
为他一辈子荒凉的修为,
药草和银针,舍利
与僧衣,写下一本

世界之书；我闪身入内，
在书中开窟造像，并且
布置好月光、莲花、净水
与菩提；我曾经深爱的
一切，终于安然如故，
馨香扑鼻。必须的，我要给
天下的苍生，给炊烟和羊圈，
疾病与五谷，写下一本
治愈之书；不久之前
我们还端着一只只
清贫的饭碗，守望黄昏，
不弃不离；在这一场湍急的
生命当中，狭路相逢，
彼此默默记取。顺便的，
我要为自己写下一本
苍凉之书，因为一次引颈，
一次眺望，一番热烈的
追逐与爱戴，天空
将我带到了如此之远，让我
马革裹尸，残缺

不断，却又像一支滚烫的
墨笔，掏出了誓死的内心。

而今，我合上了书卷，
与佛陀比邻。——举目看见
这烂漫的人间大地，
众生诵唱，万法归一。

在译场

在这里，我扶起
呕吐的字母，眩晕的
音节，掸净它们身上
黯淡的灰尘。梦里
不知身是客，这些辗转
而机密的恩人，将代替我，
说出另一种灵魂的法则。

在这里，我捡起一片
残经，一句破损的偈语，
一只忧伤的木鱼。我在
长安买药，月下炼丹，
慢慢疗治好水土不服，
以及它们痉挛的身影。这时
的春雨，不过是一次苏醒。

在这里，我种下了佛陀

与菩提，并在辽阔的宣纸
和帝国的内心，浇水，
剪枝，培土，施肥。我知道
生命是一次远行，如果
我梦见了天竺或西域，
我和每一颗字词，属于皈依。

在这里，月亮终年下雪，
秋风却带来觉醒，我用毛笔，
打落了树上的因果，
看见爹娘和普天下的人民，
开始面对观音。自此，般若、
众生、刹那、供养、解脱、
大千、圆满……来自佛经。

大慈恩寺

塔尖上的那一双鸟,
一只是慧明,一只叫空色。

塔顶上的那一扇窗棂,
外边是尘世,里头叫解脱。

塔身上的那一挂铁马,
后半夜惊魂,黎明前悄寂。

塔座上的那一丛野花,
前生是荆棘,下一世叫莲花。

塔基下的那一枚灵骨,
一半是玄奘,另一半叫唐僧。

诀　别

向这一双芒鞋顿首，
曾经，它带走了我的青春，
抵达天边，埋下了
热情与骨殖。但没有人
知道一切底细，
哪怕世上的穷人们
打草编织，只有它
才适合我凄凉的出行。

向这一件僧衣顿首，
借着月光，抖落它身上
深刻的寒意。
即便乌鸦在此筑巢，
我仍然记得，那些农事
与桑麻，乃是一份养育。
其实，一个人最远的
半径，就是回到自己。

向这一具肉身顿首,
慢慢取出它经年呵护的
灯台,而后吹熄。
秋风是一次道场,
沐浴、诵念、脱缁,且将它
入藏于一座塔底。
如蒙恩典,千年之后,
犹有美和救赎的雁群。

向这一面佛龛顿首,
拨开云雾、流岚、闪电
与霹雳,喊醒天空,
为人世间打开方便之门。
那么久了,一个少年的奔跑
归入了日暮,又拿起
墨笔和天梯,去将明月
和经卷,逐一修复。

一本书打开一个世界

欢迎订购、合作
订购电话：0571-85153371
服务热线：0571-85152727

莫言读书会　　KEY-可以文化　　浙江文艺出版社　　京东自营店

关注 KEY- 可以文化、浙江文艺出版社公众号，
及浙江文艺出版社京东自营店，随时获取最新图书资讯，
享受最优购书福利以及意想不到的作家惊喜